Mantapoint

Geschichten vom Tauchen

Über die Autorin:

Beate Grondke, Jahrgang 1959, ist Diplominformatikerin und wohnt in Berlin Köpenick. Sie ist verheiratet und Mutter zweier bereits erwachsener Söhne.
Gemeinsam mit ihrem Ehemann erkundet sie in ihrer Freizeit begeistert die Unterwasserwelt der Ozeane.
Neben dem Schreiben von privaten Reiseberichten und Tagebüchern ist „Mantapoint" ihr erster Geschichtenband. Mit der Stimme ihrer Protagonistin Anna erzählt sie eindrucksvoll von der Schönheit des Lebensraums unterhalb der Wasseroberfläche und von den vergnügten Abenteuern und kleinen Pannen, die sie bei zahlreichen Tauchgängen erlebt hat.
Beate Grondke arbeitet als Datenbank-Administratorin bei einer Bank in Berlin.

Beate Grondke

Mantapoint

Geschichten vom Tauchen

Bibliografische Information
der Deutschen Nationalbibliothek
Die Deutsche Nationalbibliothek verzeichnet diese
Publikation in der deutschen Nationalbibliographie;
detaillierte Daten sind im Internet über
http://dnb.d-nb.de abrufbar.

Herstellung und Verlag: Books on Demand GmbH,
Norderstedt

ISBN-13: 9783837044034

Inhaltsverzeichnis

Die kleinen Geheimnisse der Taucher

Taucher sind interessante und zugleich rätselhafte Zeitgenossen.

Eines ihrer beliebtesten Aktionsorte ist das Rote Meer, wo sie das ganze Jahr über zu beobachten sind. Wie kleine Gruppen von Ameisen, bahnen sie sich hier in großer Zahl den Weg von ihren Basisstationen durch die Reihen der sonnenhungrigen Urlauber. Bei fünfunddreißig Grad im Schatten stapfen sie in Neopren-Anzug und Schuhen, den so genannten Füßlingen, die Flossen in der Hand und ein dickes Metallrohr, aus dem mehrere Schläuche heraus hängen, auf dem Rücken, schweißgebadet durch den Sand zum Ufer, um am vorgelagerten Hausriff auf Entdeckungsreise zu gehen.

Eher mitleidig werden sie dabei von den Sonnenanbetern in Bikini und Badehose beobachtet

Der gewöhnliche Tourist nimmt, bewaffnet mit Schnorchel, zwei Flossen und der Taucherbrille, die allerdings in Taucherkreisen, warum auch immer, Tauchermaske heißt, die Unterwasserwelt gemütlich plätschernd von der Oberfläche aus in Augenschein. Aber nein, diese Enthusiasten müssen unbedingt bis auf den

Meeresboden abtauchen, um das Riff auch noch von unten zu beobachten. Was es bei dem trüben Licht da unten bloß so Interessantes zu entdecken gibt?

Außerdem ist es auch gefährlich.

Der im Wasser vorhandene Sauerstoff stellt bekanntlich für menschliche Lungen kein brauchbares Atemgemisch dar, weshalb die Taucher ihre Luft in unhandlichen torpedoähnlichen Gasflaschen mitnehmen müssen. Komplett gefüllt wiegen diese Tanks immerhin stolze zehn bis fünfzehn Kilogramm. Damit ihnen nun dieses lebenswichtige Elixier unter Wasser nicht abhanden kommt, schnallen sie sich die Flaschen mittels einer Art Weste, dem so genannten Jacket, auf den Rücken. Die Vorrichtung mit den Schläuchen, die sie aus den Behältern mit Atemluft versorgt, nennen sie „Lungenautomat". Allein diese Bezeichnung erinnert unweigerlich an einen Operationssaal und jagt einem eine Gänsehaut über den Rücken.

Man fragt sich, warum diese Abenteurer überhaupt diesen ganzen Aufwand betreiben. Wozu müssen sie großen und zuweilen gefährlichen Fischen und anderen Unterwassergeschöpfen, wie Haien, Teufelsrochen, Skorpionfischen oder Würfelquallen, in deren Lebensraum folgen, statt respektvoll Abstand zu halten? Schließlich gibt es wunderschöne Aquarien, in denen die Tiere ohne jegliche Gefahr stundenlang beobachtet werden können. Aber natürlich ist das in Taucheraugen etwas für Kleinkinder oder unsportliche Weicheier. Im Gegenteil, sie finden es gänzlich spannend, vor einer Steilwand in dreißig Meter Tiefe herum zu schwimmen, vierhundert Meter über dem Grund. Dabei geraten sie in totale Verzückung, weil sie mit ein paar Flossenschlägen wie ein Vogel an dieser Wand emporschweben können. Wie ein Vogel! Vierhundert Meter über dem Meeresboden! Menschen sind nun mal weder Fische noch Vögel, aber diese Draufgänger scheinen das glatt zu ignorieren. Oder liegt vielleicht genau hier für sie der besondere Reiz? All das sein zu können, schwerelos und dreidimensional in einem für uns Menschen fremden Lebensraum? Ob man dazu womöglich sogar schwindelfrei sein muss?

Was machen Taucher eigentlich, wenn sie unter Wasser, ein paar Kilometer von der Küste entfernt, plötzlich ein menschliches Bedürfnis verspüren? In zwanzig Meter Wassertiefe dürfte die Aufstelldichte an Toiletten eher gering sein und eingebaute Auffangbehälter gehören auch nicht zu ihrer Standardausrüstung. Was also um Himmelswillen machen sie dann? Auf jeden Fall veranstalten sie nach jedem Tauchgang in großen Becken mit Leitungswasser wahre Spül-Orgien mit ihrer Ausrüstung. Das hat etwas mit dem Salzwasser zu tun, behaupten sie.

Das Größte scheint es jedoch für sie zu sein, abends bei einem geselligen Deko-Bier, wie sie es nennen, in einer Runde von Gleichgesinnten von den schönsten und spektakulärsten Tauchgängen schwärmen zu können. Hier und da ist mit Sicherheit auch eine gehörige Portion Jägerlatein dabei.

Dieses besondere Bier sucht man übrigens vergeblich auf den Getränkekarten dieser Welt und es ist auch in keinem Supermarkt zu finden. Es hat seinen Namen weder von einem besonderen Design der Bierflasche, noch dass es möglicherweise extra hübsch dekoriert in den Tauchbasen angeboten wird. Nein, „Deko" ist in diesem Fall die Abkürzung von Dekompression, womit die Entgasung des Körpergewebes von zuviel aufgenommenem Stickstoff gemeint ist. Jeder Laie denkt in diesem Zusammenhang allenfalls an Dekompressionskammern, in denen Taucher zum Druckausgleich manchmal mehrere Stunden verbringen müssen. Welche Rolle Bier dabei spielt, bleibt für den Uneingeweihten leider im Verborgenen. Vielleicht vertreiben sich die auf engstem Raum Eingesperrten mit dem Getränk die Langeweile? Wer weiß! Vermutlich aber soll die Bezeichnung „Deko-Bier" einfach nur beeindruckend und bedeutungsschwer klingen. Ein Begriff, so ganz für Eingeweihte.

Oh ja, ein paar kleine Geheimnisse haben sie eben schon, diese unerschrockenen Taucher!

Aller Anfang ist schwer
Sri Lanka

Seit vier Tagen herrscht Dauerregen.

Ein tropisches Gewitter nach dem anderen zieht über die Südwestküste von Sri Lanka hinweg und es schüttet wie aus Riesenkübeln. Unaufhörlich beleuchten Blitze flackernd den düsteren Himmel und jedes Donnergrollen folgt so unmittelbar und in so ungewohnter Stärke, dass die Naturgewalten noch bedrohlicher erscheinen.

In den kurzen Niederschlagspausen ist die feuchte Hitze noch unerträglicher. Selbst der Wind bringt keine Kühlung sondern erzeugt nur das Gefühl, mitten im Heißluftstrom eines überdimensionalen Föhns zu stehen.

Wer soll das aushalten?

Der sonst so gepflegte Hotelgarten unseres Ferienressorts in Beruwela ist inzwischen völlig überschwemmt und auch an eine Benutzung des Pools ist nicht mehr zu denken.

Ich habe mich längst durch alle halbwegs interessanten Bücher der Urlauberbibliothek gelesen und Tom durch die ausliegenden Informationsmappen der Reiseveranstalter. Langsam wird die Lektüre knapp.

Meine Lust auf die unzähligen Spazier-Runden von der Rezeption zur Bar und wieder zurück hat den absoluten Nullpunkt erreicht, nicht zuletzt, weil auf diese Idee zwangsläufig auch viele andere Gäste des Hotels kommen.

Nur unseren Sohn Max scheint das Ganze wenig zu stören. Er pendelt munter mit den anderen Kindern zwischen Videoecke, Tischtennisraum und Billardzimmer.

„Irgendwie hatte ich mir das ganz anders vorgestellt." Tom runzelt die Stirn, als wir in einer der wenigen Regenpausen mutig dennoch einen kurzen Spaziergang zum Strand wagen.

Ich schaue auf die Wellen, die sich gewaltig am Ufer brechen. Was soll ich dazu sagen? Toms Enttäuschung ist auch meine.

Während der letzten Tage hat sich das Meer in einen finsteren Hexenkessel verwandelt. Der zu einem beträchtlichen Strom angeschwollene Bentotafluss ergießt sich unweit der Hotelzone nun als braun gefärbte schlammige Brühe in die Bucht. Dabei führt er aus dem Hinterland große Mengen an Holzbruch und anderen Pflanzenteilen mit, deren ans Ufer gespülte Überreste teilweise modrigen Dunst verströmen.

Keine guten Bedingungen zum Erholen. Und schon gar keine zum Tauchen.

Mein Blick schweift Richtung Westen über die bewegten Wassermassen des Indischen Ozeans. Etwa sechshundert Kilometer immer geradeaus liegen die Atolle der Malediven.

„Weißt du noch", sage ich zu Tom und deute mit dem Kopf zum Meer „dort drüben auf Fihalhohi hat vor gut einem Jahr alles begonnen."

„Du meinst unser Schnuppertauchen mit Martina?"

„Richtig. Wie schnell doch die Zeit vergeht, oder? Ich kann mich noch gut an meine Verzweiflung erinnern, beim Anblick dieser ganzen Gerätschaften."

„Dank Martina hast du es aber trotzdem geschafft." Tom hat Recht. Unter der kundigen Anleitung von Tauchlehrerin Martina war es mir wunderbarerweise doch gelungen, alle Einzelteile zu einem funktionierenden Etwas zu verbinden und anzulegen. Das Endgewicht der Ausrüstung hatte mich fast umgehauen. Der folgende halbstündige Unterwasserausflug wurde allerdings die Krönung unseres Urlaubs.

„Stimmt, und es war einfach großartig. In Deutschland bist du dann ja auch sofort zur nächstgelegenen Tauchbasis geflitzt, um uns anzumelden", erinnere ich Tom an seinen Feuereifer."

„Naja, wenn schon, denn schon."

Ich muss unwillkürlich schmunzeln. Besonders, wenn ich an die erste Theoriestunde zurückdenke.

„Warum schwimmt ein Schiff?"

Mit dieser harmlosen Frage hatte Kursleiter Matthias unsere kleine Runde von Tauchschülern gleich zu Beginn richtig aus der Reserve gelockt.

Du lieber Himmel! Woher sollte man das so plötzlich wieder wissen, die letzte Schulstunde in Physik war schließlich schon etliche Jahre her?

„Na, das liegt am Auftrieb." Tom, dieser Streber! Da hatte er bestimmt vorab heimlich im Lehrbuch geschmökert. Typisch! Aber so ist er eben, mein lieber Mann. Wenn ihn erst einmal etwas richtig gepackt hat, verfolgt er bewundernswert konsequent und engagiert sein Ziel. Ich hingegen hatte natürlich dieses Lehrbuch noch keines einzigen Blickes gewürdigt.

Matthias war über Toms prompte Antwort hoch erfreut gewesen.

„Genau, das liegt am Auftrieb, besser gesagt, am positiven Auftrieb", hatte er erklärt. „Wenn das Gewicht des verdrängten Wassers größer ist, als das des verdrängenden Körpers, dann schwimmt der Körper. Man nennt das: positiven Auftrieb. Bei gleichem Gewicht heißt es neutraler Auftrieb und wenn das Körpergewicht größer wird als das des Wassers, ist das ein negativer Auftrieb. Oder populärer ausgedrückt: Der Kahn geht unter. Ihr fragt euch sicher, wozu das wichtig ist, aber ihr benötigt das später zur Regulierung eurer Tauchtiefe."

In der folgenden Stunde war unser Schulwissen in mehr als einer Hinsicht gründlich aufgefrischt worden. Wellenbildung, Strömung, Dichte von Süß- und Salzwasser und besonders der Zusammenhang von Druck und Volumen. Hauptsächlich diese beiden Größen schienen eine außerordentlich gewichtige Rolle bei der ganzen Taucherei zu spielen.

Innerhalb von zwei Monaten hatten wir die Theoriestunden und auch die obligatorischen Schwimmbadmodule absolviert und wollten nun hier, bei den angenehmen Temperaturen und der viel gepriesenen Unterwasserwelt des Indischen Ozeans, mit den vorgeschriebenen Freiwassertauchgängen die Ausbildung zum „PADI Open Water Diver" beenden.

Inzwischen bin ich sehr im Zweifel, ob wir das noch schaffen können. Wir sind seit einer Woche bei der nächstgelegenen Tauchschule angemeldet und haben auch schon die ersten beiden Pflichttauchgänge erfolgreich hinter uns. Die Übungen waren ziemlich die gleichen wie zu Hause im Schwimmbad: Maske abnehmen, wieder aufsetzen und ausblasen, auf den Fußspitzen tarieren, Wechselatmung aus nur einem Mundstück und zusätzlich ein Notaufstieg aus einer Tiefe von zehn Metern ohne Luftversorgung. Unser Tauchlehrer Kurt, ein freundlicher Mittvierziger aus der Schweiz, war mit uns zufrieden gewesen. Wir mit uns auch, obwohl die Übungen im Meer natürlich weit aufregender und spannender waren, als im Pool. Von den vielen bunten Fischen um uns herum einmal ganz abgesehen.

Doch der in diesem Jahr viel zu früh einsetzende Südwestmonsun hat seither unserem weiteren Tatendrang ein vorläufiges Ende gesetzt.

„Du Anna, was hältst du von einem schönen großen Kaffee?", holt mich Tom aus meinen Gedanken zurück zum Strand.

Ich schüttele den Kopf. „Jetzt noch nicht. Ich würde gern noch einen Moment hier bleiben und ein paar Videoaufnahmen machen, solange es trocken ist. Solche Brandung sieht man schließlich nicht alle Tage. Irgendwie faszinierend."

„Okay, soll ich uns dann vielleicht zwei Kaffee herholen?"

„Ach ja, das ist auch eine Idee. Für mich schwarz, wie immer, na du weißt schon."

„Alles klar, bis gleich."

Tom verschwindet Richtung Poolbar und ich laufe ein Stück den Strand hinunter, um eine bessere Kameraposition zu finden. Doch ich komme nicht weit. Keine drei Minuten später höre ich Tom nach mir rufen Er steht am Strandeingang vom Hotel und winkt mich eindringlich zu sich. Allerdings ohne Kaffee. Fragend laufe ich auf ihn zu.

„Ist was passiert? Oder ist nur der Kaffee alle?"

„Nein, viel besser, ich habe eine Überraschung für dich."

Toms bedeutungsschweren Blick kenne ich doch. Schlagartig erwacht meine Neugier.

„So? Was denn?"

Tom zieht nur die Augenbrauen hoch. „Verrate ich nicht. Komm einfach mit nach vorn." Er deutet mit einer leichten Kopfbewegung in Richtung Rezeption, die sich am anderen Ende des Hotelflügels befindet.

Na gut, warum nicht. Schließlich ist jede Abwechslung willkommen.

Auf halben Weg höre ich entferntes rhythmisches Trommeln und Schellenrasseln. Mein fragender Blick wird weiterhin nur mit Toms bewährtem Pokerface belohnt. Er macht es aber auch wieder spannend.

Der Andrang an Urlaubern in der Hotelhalle ist noch größer, als die Tage zuvor. Von der anderen Seite der Lobby kommt Max auf uns zu. Ihn hat die Geräuschkulisse ebenfalls neugierig gemacht. Ich kann nichts weiter erkennen, nur die Trommeln sind hier besonders laut. Doch ein paar Schritte später bietet sich ein beeindruckendes Bild.

In mit roten Federn und unzähligen bunten Blüten reich geschmückten Tempeltänzer-Kostümen flankieren sechs einheimische Tänzer und zwei Trommler einen Europäer. Synchron stampfen sie im Takt der Trommeln, in deren rhythmischen Klang sich das Rasseln ihrer schellenverzierten Fußgelenke harmonisch einfügt. Der Begleitete ist eindeutig als Bräutigam zu erkennen. Er trägt zusätzlich eine Blütenkette über seinem Sommerfrack trägt und geht barfuss.

Eine Hochzeit! Wie schön.

Tanzend erreicht die kleine Prozession eine improvisierte Zeremonienhalle, die im Vorgarten neben der Auffahrt zur Rezeption aufgebaut ist. Währenddessen der Bräutigam nun im Halbrund des exotischen Standesamtes wartet, bewegt sich die Gruppe musizierend davon und kehrt wenig später mit der Braut zurück. Sie ist ein wenig rundlich und in einen Mix aus europäischer und asiatischer Mode gehüllt, denn ein halblanges weißes Seidenkleid rafft sich üppig über einer pinkfarbenen glänzenden Pluderhose. Ein kunstvoll geflochtener Blütenkranz ziert ihr blondes Haar und sie hat ebenfalls auf Schuhwerk verzichtet. Ein ungewöhnlicher Anblick, aber ich finde es ganz originell. Die Braut hat ein freundliches Gesicht und ich zwinkere ihr beruhigend zu, als sie an uns vorbei schreitet. Sie lächelt zurück.

Besorgt schaue ich gen Himmel.

„Bei uns wäre das kein gutes Omen, was, wenn die Hochzeit gleich zu Anfang sozusagen ins Wasser fällt?", raunt mir Tom zu, der meinem Blick gefolgt ist.

Doch das Brautpaar hat Glück. Die Stunde, in der nun ein Großteil der Urlauber in Shorts und T-Shirt als Zaungäste der Trauung zusieht, hat Petrus, oder wer auch immer hier dafür zuständig ist, ein Einsehen und hält die dunklen Wolken fern.

Das nächste Gewitter lässt allerdings nicht lange auf sich warten und beschert uns bis zum Abend fast durchgängig Regen.

Wir können es kaum glauben, als wir am nächsten Morgen aus dem Fenster sehen. Der Himmel ist aufgerissen und die Sonne bahnt sich kraftvoll an unzähligen Stellen den Weg durch die Wolkenbänke. Auch der Wind hat sich deutlich gelegt.

Hurra! Endlich halbwegs Tauchwetter!

Nachdem uns Max mehrmals nachdrücklich versichert hat, dass das angekündigte Volleyballturnier ihn während unserer Abwesenheit am Vormittag ausreichend beschäftigen wird, packen wir, nach einem kurzen Anruf bei der Tauchbasis, in Windeseile unsere Rucksäcke. Auf zum Diamapara Riff!

Doch schon die Bootsfahrt zum Tauchplatz gleicht einem kleinen Abenteuer. Die Wellen außerhalb des Hafens sind immer noch gefährlich hoch und wegen der starken lang gezogenen Dünung rebelliert bei der Hälfte der Taucher der Magen, noch bevor wir am Riff angekommen sind.

Als wir endlich ankern, wird es nicht besser. Das Ankerseil ächzt schwer, doch der Anker sitzt fest und hält das zwanzig Meter lange Tauchboot auf Position. Dafür rollt es unablässig auf den Wellenbergen und kränkt bedrohlich.

Das Anlegen der Tauchausrüstung gerät auf diesem schwankenden Untergrund zu einem akrobatischen und überaus schweißtreibenden Akt. Und je länger die Prozedur dauert, umso übler wird uns davon. Bücken ist am schwierigsten.

Tom übergibt sich zweimal.

„Denk einfach an das Schnuppertauchen auf den Malediven", versuche ich ihn abzulenken.

„Toll", keucht Tom „kannst uns am besten gleich dort hin beamen".

„Du verwechselst mich mit Scotty von der 'Enterprise'. Aber okay, du bist eben auch nicht Käpt'n Kirk. Der hätte sich nicht so angestellt."

„Jaja, du und dein Käpt'n Kirk. Gib mir lieber die andere Flosse rüber und halt mir keine Vorträge über irgendwelche Weltraumcowboys."

Ich muss lachen. Na bitte, wenn Tom sich über andere Kerle lustig machen kann, hat die Ablenkung geklappt.

Schließlich stehen wir auf wackeligen Beinen in kompletter Montur am Ausstieg und Kurt prüft eigenhändig, ob unsere Flaschen geöffnet sind und unsere Ausrüstung wirklich betriebsbereit.

„Also, ihr schwimmt, sobald ihr im Wasser seid, sofort vom Boot weg. Das fällt euch sonst nämlich ganz unsanft in den Rücken. Großer Bogen zum Bug, dort ist das Ankerseil. Greifen, festhalten und auf mich warten! Aber passt auf eure Hände auf, da herrschen ordentliche Zugkräfte. Okay?", erteilt er uns letzte Anweisungen.

Alles klar. Klingt doch einfach!

Ist es dann doch nicht so ganz. Man muss nämlich erst mal zum Bug kommen.

Wie gut, dass wir in Topkondition sind. Es ist eine ordentliche Plackerei, bei der ich zu allem Übel auch noch zweimal kräftig Wasser schlucke, aber irgendwann kriegen wir das Ankerseil doch zu fassen. Wir hängen daran wie die sprichwörtlichen nassen Säcke und werden gleichsam auf einer Berg-und-Tal-Fahrt auf und nieder geworfen.

Bloß weg hier!

Kurt und eine weitere Schülerin haben uns endlich auch erreicht und Kurt gibt mit gesenktem Daumen das Zeichen zum Abtauchen. Wir lassen uns vorsichtig am Seil hinabsinken. In der Tiefe hört das scheußliche Schaukeln allmählich auf. Dafür zerrt uns nun eine eigenartige Strömung waagerecht schlingernd hin und her. Merkwürdiges Gefühl.

Die Sicht ist, wie befürchtet, mäßig bis miserabel, aber für unsere Übungen gerade noch ausreichend. Wenigstens die klappen gut.

Mein Herz beginnt heftig zu klopfen, als Tom plötzlich in der trüben Suppe verschwunden ist. Hilfe suchend schaue ich mich um. Zum Glück ist Kurt nicht weit. Er bedeutet mir und der anderen Schülerin, uns nicht von der Stelle zu rühren und begibt sich auf die Suche. Die kurze Zeit, bis er mit Tom wohlbehalten wieder erscheint, kommt mir dennoch wie eine Ewigkeit vor.

Das Wiedereinsteigen ins Tauchboot mit voller Ausrüstung ist am Schluss eine weitere Herausforderung.
Es gelingt nur mit zusätzlichem Einsatz von Haltseilen
und dem beherzten Zupacken der Schiffsbesatzung.
Von den zu erwartenden blauen Flecken mal abgesehen.

Wie anstrengend alles war, merken wir im Hotel am
Nachmittag, als wir, wie alte Hasen, fachsimpelnd auf
den Betten liegen. Plötzlich sind wir eingeschlafen.

Am nächsten Tag starten wir dann tatsächlich zum
letzten Ausbildungstauchgang: Orientierung und Na-
vigation mit dem Kompass.

Mir ist schon schlecht, wenn ich nur daran denke.
Was, wenn ich nicht wieder zum Ausgangspunkt zu-
rückfinde? Hoffentlich ist die Sicht etwas besser, dann
kann ich vielleicht ein wenig schummeln.

Doch daraus wird nichts!

Kurt erklärt uns, dass eine weitere Fahrt zum Riff
nicht stattfinden muss, weil der Bentotafluss für die
bevorstehende Aufgabe ebenso geeignet ist. Das ist
besonders praktisch, weil der Flusslauf direkt an der
Tauchbasis vorbeiführt.

Ich starte als letzte der vier Schüler.

Das Wasser ist so schlammig und trübe, dass ich gerade noch den Kompass erkennen kann. Aber auch nur
dann, wenn ich ihn mir ganz dicht vor die Nase halte.

Schummeln ade!

Nun ist Konzentration gefragt und meine Angst legt
sich. Der Fluss ist höchstens fünfzig Meter breit und
auch nicht allzu tief. Verloren gehen kann ich kaum,
und so kämpfe ich mich dann auch tapfer und gar nicht

mal so schlecht über den vorgegebenen Dreieckskurs zum Start/Ziel zurück. Tom erwartet mich schon und hilft mir auf den Anlegesteg.

In den nagelneuen Logbüchern quittiert Kurt kurz darauf allen Tauchschülern diesen letzten Übungstauchgang mit seinem Tauchlehrerstempel. Darunter schreibt er: „PADI Open Water Diver" und gratuliert uns herzlich.

Tom und ich fallen uns in die Arme. Hurra, wir haben es geschafft!

Keine halbe Stunde später halte ich dann auch meinen vorläufigen Tauchausweis in der Hand. Die endgültigen Zertifikate werden uns in ein paar Wochen vom zuständigen PADI- Verband direkt nach Hause geschickt.

Bevor wir uns verabschieden, posieren alle gemeinsam mit Kurt und seiner gesamten Tauchmannschaft ausgelassen für Erinnerungsfotos.

Abends an der Hotelbar ist, zur Feier des Tages, natürlich ein Glas Sekt angesagt. Oder auch zwei.

Max stößt mit Cola an. Er freut sich mit uns und ist augenscheinlich auch ein wenig stolz auf seine Eltern. Die haben schließlich ab jetzt die Erlaubnis, unter Wasser auf Entdeckungsreise zu gehen.

Weltmeere, wir kommen!

Irsch, oder die verpasste Gelegenheit
Ägypten

Die große weiße Motoryacht schaukelt schwerfällig, als sie wenige hundert Meter vor der Küste der Halbinsel Sinai, mitten im Nationalpark Ras Mohammed, vor Anker geht. Die gelbsandige Küstenlinie spiegelt sich verzerrt und unruhig im Wasser des Roten Meeres, das selbstverständlich nicht rot, sondern von tief tintenblauer Farbe ist.

Der Name Rotes Meer, das habe ich kürzlich gelesen, soll einem uralten System entstammen, in dem Himmelsrichtungen durch Farben bezeichnet wurden. Das altpersische Volk der Achaimeniden – was für ein Name! - hat es demnach seinerzeit verwendet. In Bezug auf dessen Lebensraum lag nämlich das Rote Meer im Süden, was durch die rote Farbe symbolisiert wurde. Schwarz hingegen stand für Norden. Rotes Meer bedeutete somit für sie Südsee, das Schwarze Meer dagegen Nordsee.

Hier, vor der südlichsten Spitze der Halbinsel, treffen der Golf von Suez und der Golf von Akaba aufeinander, was zuweilen starke Unterwasserströmungen zur

Folge hat. Strömungsreiche Gewässer sind wegen ihrer Nahrungsfülle ein guter Platz für Meerestiere aller Art und Größe.

Unsere kleine Gruppe von Tauchern hat deshalb auch kaum einen Blick für das eindrucksvolle Panorama. Einziges Ziel ist es, so schnell wie möglich die Ausrüstung anzulegen und in die faszinierende Unterwasserwelt einzutauchen. Auch wegen der Temperaturen ist Schnelligkeit gefragt, denn in der prallen Sonne ist die drei Millimeter starke Neoprenhaut des Tauchanzuges nach kurzer Zeit eine einzige Sauna.

Bevor es aber losgehen kann, erklärt uns Mohammed, unser junger ägyptischer Tauchguide, die Umgebung des Tauchplatzes und macht uns auf dessen Besonderheiten und die speziellen Strömungsverhältnisse aufmerksam. Außerdem bespricht er den Ablauf des Tauchgangs und teilt uns in mehrere Gruppen auf.

Das Ehepaar aus Düsseldorf und ihr halbwüchsiger Sohn sind blutige Anfänger und Mohammed wird mit ihnen gemeinsam die Spitze der Gruppe bilden. Damit hat er auch alle anderen gut im Blick, denn hier im Nationalpark ist das Tauchen nur unter Leitung eines ortskundigen Tauchführers erlaubt. Tom und ich haben ebenfalls noch nicht so viel Erfahrung und werden direkt hinter der Spitzengruppe bleiben, Simone und Sepp aus München hingegen sind im Vergleich zu uns alte Hasen und bilden folgerichtig das Schlusslicht der kleinen Tauchgemeinschaft. Unser Sohn Max wird, mit seiner Schnorchelausrüstung, schwimmend die ganze Angelegenheit von der Oberfläche aus beobachten.

Beim Abtauchen macht mir der Druckausgleich in den Ohren Probleme und erst nach dem dritten Versuch habe ich es endlich geschafft. Die anderen warten schon in knapp zwanzig Meter Tiefe. Tom und ich schauen nach oben und winken Max, der inzwischen auch im Wasser ist, fröhlich zu. Anschließend stabilisieren wir unsere Tarierung für die gewünschte Tauchtiefe und dann geht es los.

Die wohltuende Ruhe, die uns hier unten umgibt, wird nur unterbrochen vom rhythmischen Geräusch unserer Atemregler und den blubbernden Luftblasen, die bei jedem Atemzug aufsteigen. Bedächtig gleiten wir am sanft abfallenden Riff entlang, das sich rechterhand von uns in prächtigen Farben und Formen präsentiert. Die zum Glück nur leichte Strömung zieht uns langsam mit sich und so können wir uns auf die vielen bunten Fische und Korallen konzentrieren.

Ein Blaupunkt-Stachelrochen, den es in dieser Farbgebung nur hier im Roten Meer geben soll, versteckt sich im Sand unter einer Steinkoralle. Diesen hübschen Burschen mit seinen vielen leuchtend blauen Punkten auf dem Rücken wollen wir uns aus der Nähe ansehen, aber als wir heran kommen, sucht er mit ein paar schnellen Wellenbewegungen seines Körpers das Weite. Während wir ihm enttäuscht hinterher schauen, entdeckt Tom auf dem Grund noch einen Krokodilfisch, der sich fast vollständig im Sand eingegraben hat. Obwohl Tom mit dem Finger direkt auf ihn zeigt, habe ich Mühe, ihn auf dem Boden auszumachen, denn er ist ein wahrer Meister der Tarnung. Erst eine kleine Bewegung mit dem Kopf verrät ihn mir doch.

Ein paar Flossenschläge weiter, unter einer großen Tischkoralle, zieht ein Pärchen gelbschwarz gestreifter Wimpelfische unsere Aufmerksamkeit auf sich. Man erkennt diese Fische gut an der lang gezogenen weißen Oberkante ihrer Rückenflosse. Sie ernähren sich von Korallenpolypen und sind meist paarweise unterwegs. Die fächelnden Bewegungen gleichen einem anmutigen Tanz und ich könnte noch stundenlang zusehen!

Bei einem Blick zurück stelle ich plötzlich fest, dass sich die beiden Münchner nicht mehr hinter uns befinden. Fragend schaue ich zu Tom und zucke mit den Schultern, aber er winkt ab und bedeutet mir, dass wir langsam weiter tauchen sollten.

Ich schaue noch vorn, aber die Spitzengruppe ist auch nicht mehr zu entdecken. Augenblicklich fühle ich mich ziemlich unbehaglich. Es ist das erste Mal, dass wir nun ganz allein unter Wasser sind. Das sollte kein Problem sein, wir haben es schließlich gelernt und wissen was wir tun müssen, aber trotzdem finde ich es sehr aufregend.

Ich prüfe das Barometer meines Tauchcomputers. Die angezeigten restlichen 100 bar Luftdrucks in meinem Tank beruhigen mich. Wir haben genügend Luft.

Eine Caretta- Wasserschildkröte taucht wie ein U-Boot lautlos aus der Tiefe vor uns auf und wir folgen ihr in angemessenem Abstand. Ich weiß, dass es eine Echte und eine Unechte Unterart von ihnen gibt, leider aber nicht, worin sie sich unterscheiden. Vor allem wegen ihres Fleisches und des Schildpatts wurden beide Arten in der Vergangenheit intensiv bejagt und sind fast ausgestorben. Inzwischen stehen sie zum Glück unter internationalem Schutz. Egal ob nun echt oder unecht, unser Exemplar ist einfach prächtig und ich bin fasziniert von der Eleganz, mit der sich dieser Koloss im Wasser bewegen kann.

Aus einer Felsspalte schaut eine schwarzgrau gefleckte Riesenmuräne hervor, die mit ihrem geöffneten Maul bedrohlich aussieht, aber eigentlich recht harmlos ist, wenn man ihr nicht zu nahe kommt. Ich halte einen Moment schwebend und in gebührendem Abstand vor ihrem Versteck inne und schaue zu, wie sie ihrerseits ihre Umgebung einer genauen Betrachtung unterzieht.

Plötzlich ist Mohammed, unser Tauchguide neben uns. Ich habe ihn gar nicht kommen sehen. Und er ist allein. Ein kurzer suchender Blick, dann habe ich den Rest seiner Gruppe an der Oberfläche schwimmend entdeckt. Natürlich, den Neueinsteigern geht es genau wie uns am Anfang, die Flasche mit der Druckluft ist ruckzuck leer. Sie sind also schon wieder auf dem Weg zum Boot und Mohammed ist zu uns zurückgekehrt, um uns zu begleiten. Er fragt per Handzeichen nach dem Druck in unseren Tanks und wir tauchen kurz darauf gemeinsam weiter.

Zwei kleine Clownfische tummeln sich munter über einer blass rosafarbenen Anemone, zwischen deren Nesselarmen die beiden, als sie uns bemerken, ängstlich Schutz suchen, um kurz darauf wieder neugierig dazwischen hervor schauen.

Wir bewundern beim Überqueren einer breiten Felsspalte eine riesige Fächerkoralle, auch Gorgonie genannt, die sich tief unten am Rand ausgebreitet hat und schwimmen plötzlich mitten in einem Schwarm winziger silbern glänzender Riffbarsche, der auf jede unserer Bewegungen hektisch zuckend reagiert. Das ist einfach grandios!

Wir könnten noch Stunden unsere Beobachtungen am Riff fortsetzen, aber der geringe Restdruck in unseren Flaschen zeigt uns an, dass es Zeit ist, aufzutauchen.

Bei dem abschließenden dreiminütigen Sicherheitsstopp in fünf Meter Tiefe finden sich auch die beiden Münchner wieder bei uns ein.

Mein Blick bleibt an Sepp aus München hängen. Er schaut mich mit fragenden Augen an und deutet mit vorgestreckter Hand, die Finger geschlossen und den Daumen gerade nach oben gestreckt, die Flossenbewegung eines Fisches an. Verständnislos zucke ich mit den Schultern. Er zeigt mit der Hand über die Schulter erst in Richtung offenes Wasser, dann zum Riff, wiederholt die Handbewegung und schaut mich erneut erwartungsvoll an. Irgendetwas Interessantes hat seine Aufmerksamkeit erregt, aber ich kann, seiner Handbewegung mit den Augen folgend, nichts Besonderes entdecken. Sehr merkwürdig!

Wieder an der Wasseroberfläche schwimmen wir langsam und mit gleichmäßigen Flossenschlägen auf das etwa einhundert Meter entfernte Tauchboot zu, als plötzlich aufgeregte Wortfetzen übers Wasser zu uns herüber schallen: „IRSCH! IRSCH!"

Was um Himmelswillen ist denn auf dem Boot los?

Eines ist uns allerdings schnell klar, „Hirsch" heißt das, was wir hören sicher nicht, wo sollte auch mitten im Roten Meer ein solches Exemplar herkommen, noch dazu auf einem Tauchboot. Aber was heißt es dann, und warum sind alle so spürbar aus dem Häuschen? Wir hören Gelächter und sind halbwegs beruhigt. Eine ernste Gefahr gibt es wohl nicht, denn auch der Tonfall der Rufe klingt nicht bedrohlich sondern eher euphorisch.

Zehn Meter hinter uns tauchen Simone und Sepp auf. Wir warten, bis sie uns erreicht haben.

„Klasse Tauchgang, was? Mann, hoabts ihr des Exemplar gsehn?", fragt uns Sepp in seinem typisch bayrischen Dialekt. So ein Kawenzmann!".

Er breitet vielsagend die Arme so weit aus, wie er kann.

Tom und ich schauen uns ratlos und fragend an.

„Was für ein Exemplar?"

„Na, den Riffhai, der ist drekt an euerm Gsäß vorbeigschwomme. Sagts bloß, ihr hoabts den net gsehn?"

Wir schütteln enttäuscht den Kopf, nein, den haben wir leider verpasst.

„Des gibt's doch net", entfährt es Sepp und auch Simone schaut uns mitleidig an. „So ein Pech! Das war ein richtig schöner großer Weißspitzen-Riffhai, etwa drei Meter lang. Echt schade!"

Inzwischen haben wir das Boot wieder erreicht, auf dem immer noch alle aufgeregt durcheinander reden. Max kommt uns hüpfend vom Vorschiff entgegen, während wir an Bord die Ausrüstung wieder ablegen.

Im gleichen Moment tritt der kleine schwarzäugige Schiffjunge, der einen für europäische Zungen unaussprechlichen Namen hat, aus der Kombüse. Er trägt in der einen Hand ein Tablett voller Melonenstückchen, das er auf dem Sims neben dem Niedergang abstellt, während er in der anderen eine heftgroße Kunststofftafel schwenkt, die dicht an dicht mit bunten Abbildungen von Fischen und anderen Unterwassertieren des Roten Meeres bedruckt ist.

Dankbar greifen wir erst nach der Melone, um den trockenen Mund und den darin vorhandenen Salzwassergeschmack zu vertreiben und drängen uns dann um die kleine Tafel des Schiffsjungen.

„Irsch" sagt er „Irsch", lacht, und tippt immer wieder mit seinem Zeigefinger auf das Bild eines stattlichen Fisches mit markanter dreieckiger Rückenflosse, unter dem mit schwarzer Schrift auf Englisch „Reef-Shark" zu lesen ist.

Lachend fasse ich mir an die Stirn. Wie es aussieht ist „Irsch" wohl das ägyptische Wort für Hai.

Plötzlich reden alle auf einmal, wie, wann und wo sie den Hai jeweils gesehen haben.

Selbst Max hat ihn von oben direkt hinter uns herumschwimmen sehen.

„Das sah wirklich cool aus. Habt ihr echt nicht gemerkt, wie dieses dicke Monster so hinter euch her kam? Voll krass, Mann, ich dachte einmal, der schnappt gleich zu!"

Wir schütteln erneut den Kopf und finden es irgendwie seltsam, diesmal nicht nur selbst Beobachter, sondern gleichzeitig auch Anschauungsobjekt gewesen zu sein. Gefährlich war das Ganze natürlich nicht, da können wir auch Max nachträglich beruhigen. Menschen gehören nicht zum Beuteschema eines Riffhais.

Später tragen wir stolz unseren vierzehnten Tauchgang in die Logbücher ein und haben gelernt, dass man trotz der Faszination für das bunte Treiben am Riff immer einen Blick in Richtung freies Wasser übrig haben sollte.

Etwas Wehmut macht sich bei Tom dann doch noch breit, dass wir als einzige die Sensation des Tages so verschusselt haben.

„Ach, was soll's, sei nicht traurig", tröste ich ihn, „wir fangen gerade mit dem Tauchen an. Glaub mir, wir werden noch öfter Gelegenheit zu solchen Begegnungen bekommen."

Tom nickt.

„Du hast ja Recht. Großfisch ist schließlich auch nicht alles. Allein dieses Korallenriff war einfach großartig. Ich glaub, das war das schönste, was wir bisher gesehen haben, oder?"

„Genau, und auch ohne diesen blöden Hai jede einzelne Tauchminute wert."

Zärtlich drücke ich ihm ein kleines Trost-Küsschen auf die linke Wange.

„Tom umarmt mich.

„Du sagst es, mein Schatz!"

Die Rückfahrt zur Tauchbasis genießen wir entspannt und zufrieden auf dem geräumigen Sonnendeck, ich mit einer Tasse starkem orientalischen Kaffee und Tom mit einem schönen kühlen Bier.

Was für ein wunderschöner Tag!

Und unter uns zieht auf der Jagd nach Beute weiter lautlos der Irsch seine Bahn.

In der Stille der Nacht

Ägypten

Mit der Hitze weicht in der Abenddämmerung langsam die träge Ruhe des Tages.

In der Hotelzone der Naama Bay erwacht geschäftiges Leben. Immer eifriger klappern die Köche in den umliegenden Restaurants mit ihren Töpfen und Kellner schleppen Berge von Geschirr. Die Küchenchefs hier sind Meister ihres Faches und die Abendbuffets haben alles zu bieten, was das Urlauberherz begehrt. Schon bald liegt der betörende Duft von gebratenen Meeresfrüchten und verschiedenen orientalischen Gewürzen in der Luft.

Unser Abendessen wird heute allerdings noch eine ganze Weile warten müssen. Wir sind für ein besonderes Erlebnis mit Manfred, unserem Tauchguide, in der Tauchbasis am anderen Ende der Bucht verabredet. Einem Nachttauchgang!

Mein Magen vergisst vor lauter Aufregung sogar das übliche Knurren, dass sich auf dem Weg dorthin angesichts der kulinarischen Verlockungen sonst prompt einstellen würde.

Es ist das erste Mal, dass ich bei völliger Dunkelheit ins Meer steigen werde, noch dazu in eine Tiefe bis knapp zwanzig Meter. So tief ist es an der untersten Stelle des ausgedehnten kreisrunden Korallenblocks, der hier mitten in der Bucht das Hausriff bildet. Am Tage ist er ein beliebter Platz für die Übungen der Tauchschüler. Nur für die Schnorchler ist das Riff schwierig erreichbar, weil der rege Bootsverkehr und die beträchtliche Uferentfernung einen Schwimmausflug anstrengend und gefährlich machen.

Doch die letzten Ausflügler sind längst zurück und die Boote liegen fest vertäut für die Nacht an den Stegen.

Manfred erwartet uns schon mit gefüllten Flaschen und unsere Kisten mit den Tauchutensilien stehen ebenfalls bereit. Beim Zusammenbauen der Geräte zittern meine Hände ein wenig, doch ruckzuck sind wir fertig und stapfen zum Ufer. Durch den weichen Sand am Strand zu laufen ist ziemlich anstrengend. Zum Glück herrschen inzwischen einigermaßen erträgliche Temperaturen.

Endlich im Wasser überprüfen wir gegenseitig noch einmal unsere Ausrüstung und besonders die Lampen auf einwandfreie Funktion, dann gibt Manfred auch schon das Zeichen zum Abtauchen.

Langsam senkt sich der Meeresboden von dem wir etwa zwei Meter Abstand halten und entspannt hinter Manfred her tauchen. Der kennt sich hier bestens aus und hat die Führung übernommen. Verfehlen würden wir das Riff, dank unserer Kompasse, ohne ihn sicher auch nicht, doch so ist es natürlich viel bequemer.

Angelockt vom Schein unserer Lampen finden sich schnell ein paar Strahlenfeuerfische ein, die uns am Boden folgen. Jetzt ist eine gute Tarierung einfach unerlässlich. Ihre giftigen Stacheln können schmerzhafte Wunden verursachen und ein Kontakt ist deshalb wenig empfehlenswert.

Zwischen diesen pfiffigen Burschen krabbeln und kriechen unzählige Kleinkrebse und Würmer umher und ab und zu kreuzen gemächlich ein paar dicke Krabben unseren Weg.

Als wir unser Ziel erreichen, bin ich wirklich verblüfft.

Das Riff bietet ein völlig anderes Bild als am Tage.

Statt dem bunten Durcheinander der kleinen Schwärme aus hübschen Fahnenbarschen oder schwarzweiß gestreiften Soldatenfischen, die sonst die Korallenbänke bevölkern, sitzen nun ganze Kolonien pechschwarzer Seeigel auf den Riffkronen. Hier und da ruhen Papageienfische in kleinen Grotten und unterhalb geschützter Überhänge aus. Eingehüllt in einen von ihnen selbst gebildeten milchigen Kokon aus Schleim, der nicht nur die Farben dämpft, sondern vor allem den Geruch verschleiert, schützen sie sich so gekonnt vor ihren Fressfeinden.

Wir umrunden langsam und vorsichtig die Riffformation, immer bemüht, mit dem Schein unserer grellen Lampen deren schlafende Bewohner nicht zu erschrecken. Einmal aufgeschreckt und geblendet würden sie irritiert ihre Schutzbehausung verlassen. Sie wären dann eine leichte Beute für die wendigen Räuber, wie Zackenbarsche oder Drückerfische, die hungrig vor den Riffwänden patrouillieren.

Als wir hinter einem Überhang hervor gleiten, muss ich unwillkürlich schmunzeln. Vor ein paar Tagen sind wir hier schon einmal getaucht. Und genau vor diesem Riffhang war mir dabei das Herz fast in den Neoprenanzug gerutscht, als ich nichtsahnend um die Ecke bog.

Ein prächtiger Napoleon-Lippfisch, von der Größe einer ausgewachsenen Kuh, glotzte mich mit großen Augen an, keine zwei Meter von mir entfernt. Gebannt starrte ich auf seine wulstigen Lippen, von denen diese Familie ihren Namen hat, und das völlig zu recht. Wow, das war ja mal ein Exemplar! So etwas Stattliches hatte ich bis zu diesem Moment unter Wasser noch nie zu Gesicht bekommen und schon gar nicht so gänzlich unvorbereitet. Ganz abgesehen davon, dass diese Burschen zu allem Überfluss meist ausgesprochen neugierig reagieren. Besonders wenn sie von unverantwortlichen Tauchern in der Vergangenheit gefüttert worden sind, wobei sie, warum auch immer, gekochte Eier bevorzugen sollen, kommen sie frech bis auf Tuchfühlung heran und man wird sie nur schwer wieder los.

Doch jetzt ist von dem Dicken nichts zu sehen. Als tagaktiver Fisch hat er sich sicher irgendwo ein geschütztes Plätzchen zum Schlafen gesucht. Wobei ich mich belustigt frage, woher er hier eine Höhle in der entsprechenden Größe nehmen soll. Oder schlafen Napoleonfische gar nicht in Höhlen?

Ich nehme mir vor, das an Land mal nachzuschlagen.

Mit meiner Lampe gebe ich Tom ein Zeichen, als ich drei Langusten entdecke, die im Gänsemarsch grazil auf einem der höher gelegenen Riffplateaus herumspazieren.

Eine ausgewachsene Netzmuräne, groß wie eine Riesenschlange, windet sich geschickt an uns vorbei. Am Tage bekommt man von diesen Wesen meist höchstens den Kopf zusehen, wenn sie, mit aufgerissenem Maul bedrohlich aussehend, aus Felsspalten hervorschauen, in denen sie aber nur träge und müde ausruhen. So in voller Länge ist eine Muräne ein ebenso beeindruckender wie seltener Anblick.

Tom beleuchtet gerade einen kleinen Blaupunktrochen, der sich schützend im Sand eingegraben hat, als Manfred überraschend das Zeichen für den Rückweg gibt.

Ich verstehe nicht ganz, dass es schon vorbei sein soll, denn mein Luftvorrat ist noch lange nicht zu Ende und es gibt hier bestimmt noch soviel zu entdecken.

Doch meine Unzufriedenheit währt nicht lange. Nur wenige Flossenschläge vom Riff entfernt bedeutet uns Manfred, die Lampen auszuschalten und nach oben, zur Wasseroberfläche zu schauen. Was für eine absonderliche Idee. Fragend schaue ich erst Tom und dann Manfred an, doch der wiederholt nur eindringlich seinen Wunsch.

Nacheinander verlöscht das Licht.

Die plötzliche Dunkelheit hat etwas Bedrohliches und mein Herz klopft schneller, doch als sich meine Augen an die veränderten Lichtverhältnisse gewöhnt haben, erwartet mich eine Überraschung.

Diffus bricht das Licht des Mondes durchs Wasser und beleuchtet Myriaden von Schwebeteilchen, die wie Schnee um uns herumwirbeln. Silberne Planktonwolken stieben auf, sobald wir mit den Armen im seltsam bleichen Wasser herumfahren. Welch grandiose Erscheinung. Toms Blick zeigt, er ist ebenso fasziniert wie ich. Manfred lächelt zufrieden. Ich kann gar nicht genug bekommen und tanze übermütig durch diesen Silberschnee. Ich fühle mich wie entrückt, allein im nächtlichen Ozean, fremdartig und doch geborgen.

Manfreds Lampe leuchtet plötzlich auf und beendet abrupt den Zauber. Es ist Zeit, wir müssen zurück zur Tauchbasis.

Langsam versinkt das Riff hinter uns wieder im Dunkel der Nacht.

Später, auf dem Rückweg von der Tauchbasis, bleiben Tom und ich am Anfang der Strandpromenade stehen und schauen über die nächtliche Bucht. Friedlich und ruhig liegt sie im hellen Mondlicht, geheimnisvoll und doch so voll von üppigem Leben. Wir haben es gesehen.

Aneinander gelehnt genießen wir noch einen Moment die Stille, dann schlendern wir Hand in Hand zum Hotel zurück.

Tausendundeine Nacht

Türkei

Steil, fast senkrecht umrahmen die schroffen Fels-
wände die kleine Bucht, zwanzig Meter hoch, mit spär-
licher Vegetation und eingehüllt in das allgegenwärtige
monotone Sirren der Zikaden. Unerschütterlich ragen
sie in den Himmel und trotzen dem kräftigen Wind,
der die dürren Büsche an ihren Hängen zerzaust und
der die Mittagshitze, die drückend und schwer in der
Luft liegt, nur wenig mildert.

Man könne diesen Tauchplatz nur bei ruhiger See
anfahren, hatte Hasan, der Kapitän, vorab erklärt und
jetzt wissen wir auch, warum.

Unermüdlich peitschen raue Wellen an die Uferfelsen
und sprühen dabei ihre Gischt meterhoch hinauf. Sie
schütteln die „Merhaba" kräftig durch, seit sie hinter
der letzten Landspitze aus dem Windschatten geglitten
ist. Das kleine rote Motorboot unserer Tauchschule
tanzt unruhig auf den Wellen und als wir in die Bucht
einbiegen, schlingert es mehrfach bedrohlich.

Das Anlegemanöver ist nichts für Gemüter mit emp-
findlichem Magen. Der Anker findet erst beim dritten

Versuch den nötigen Halt und Strömung und Wind treiben uns einige Male gefährlich nah an die Klippen heran. Der einhundertvierzig-PS starke Dieselmotor stampft keuchend durch die Dünung und seine Abgasschwaden, die der Wind bei jedem Wendemanöver über Deck treibt, machen uns das Atmen schwer.

Hasan flucht leise türkisch vor sich hin, aber als erfahrener Kapitän hat er alles sicher im Griff. Keine halbe Stunde später liegt das Boot, wenn auch leicht bockend und zusätzlich links und rechts an zwei vorspringenden Felsbrocken befestigt, genau mitten in der kleinen Bucht.

Deren verblüffend rechtwinklige Geometrie wird im hinteren Drittel von einem Felsvorsprung mit einem zwei Meter breiten und gut doppelt so tiefen Einschnitt unterbrochen. Dahinter plätschert das türkisfarbene Wasser, gut geschützt vor dem Wind, wie in einer Badewanne hin und her.

Warum dieses, auf den ersten Blick so unwirtlich scheinende Fleckchen Erde ausgerechnet der Lieblingstauchplatz von Cem, unserem Tauchlehrer, ist, können wir uns beim besten Willen nicht vorstellen, aber wir werden an diesem Tag einmal mehr erfahren, dass man keine voreiligen Schlüsse ziehen soll. Immerhin hat er uns zwei besondere Höhlen versprochen, die wir betauchen wollen. Eine kleinere in etwa dreißig Meter Tiefe, in der verschiedene Schwämme sowie ein Schwarm Glasfische zu bewundern sein sollen, und eine große, über deren Beschaffenheit sich Cem bisher beharrlich ausschweigt.

„Surprise", sagt er hinhaltend auf unsere Fragen - Überraschung!

Auch sein Vater Hasan weicht uns aus und fragt mich stattdessen, ob ich singen kann.

Langsam vergeht die leichte Übelkeit und wir können mit den Vorbereitungen beginnen.

Unsere kleine Tauchgruppe besteht aus Cem, Tom und mir, sowie William, einem untersetzten, etwa vierzigjährigen Briten mit kurz gestutztem Vollbart. In seinem freundlichen Gesicht sitzen zwei verschmitzte Augen, die immer dann besonders zu funkeln beginnen, wenn er uns mit Kostproben seines trockenen englischen Humors zum Schmunzeln bringt.

Seine Frau Susan ist sehr schlank und sieht mit ihren kurzen hellblonden Haaren eher wie eine Skandinavierin aus. Sie zeigt mit dem Zeigefinger nach oben in Richtung Sonnendeck, als William sie fragt, während wir alle schon fertig ausgerüstet im Wasser treiben, ob sie in der Zwischenzeit schwimmen gehen wird, und schüttelt den Kopf.

„No, relaxing!"

William grinst nur und raunt mir leise zu, wobei er mit dem linken Auge zwinkert: „It's too hot, she will be grilled like a steak."

Ich gebe ihm Recht. Bei ihrer hellen Haut ist es mehr als unvernünftig, sich direkt in die Mittagsonne zu legen. Das gibt auf jeden Fall einen ordentlichen Sonnenbrand. Die Vorstellung von Susan als einer gegrillten Scheibe Fleisch ist allerdings so komisch, dass ich lachen muss.

Hasan, der mit unserem Sohn Max auf der Herfahrt im Steuerhaus leise getuschelt hat, verkündet uns, dass sie gemeinsam während unseres Tauchgangs Schnorcheln gehen werden, was keine große Überraschung ist, denn das haben sie in den letzten Tagen schon öfter getan. Außerdem unternimmt Hasan einen letzten Versuch, Susan zu überreden, sich ihnen anzuschließen.

Vergeblich!

Gleich darauf sehen wir Susan ein großes gelbes Badetuch auf dem Oberdeck ausbreiten, während Cems Frau Aysha in der offenen Kombüse mit den Mittagsvorbereitungen beginnt.

Nach einem letzten kurzen Ausrüstungscheck kann es endlich losgehen.

Bevor wir abtauchen erhasche ich gerade noch einen Blickwechsel zwischen Hasan und Max. Er trägt, wie mir scheint, einen Hauch von Verschwörung.

Sobald wir mit dem Abstieg begonnen haben, vergessen wir die zurück gelassene kleine Gesellschaft und konzentrieren uns nur noch auf die Schönheit der Unterwasserwelt.

Die abfallenden Steilwände der Bucht setzen sich nach unten noch einige dutzend Meter fort, werden dabei immer flacher und laufen schließlich, in etwa fünfzig Meter Tiefe, sanft in den sandigen Meeresboden aus. So tief wollen wir nicht hinunter. Wir lassen uns an der rechten Seite bis auf etwa fünfundzwanzig Meter absinken und tauchen dann gemächlich an der Steilwand entlang.

So weit wir sehen, sind die rauen Wände mit verschiedenen Tangpflanzen, Schwämmen oder Lederkorallen bewachsen. An den Hängen finden sich Schneckenhäuser verschiedener Form und Größe. Einige von ihnen sind von Einsiedlerkrebsen bewohnt, die sich ängstlich zurückziehen, sobald wir sie berühren. Zwischen den überwiegend zerbrochenen Muschelschalen entdecke ich auch einige unbeschädigte und besonders schöne Einzelstücke, bei denen ich in arge Versuchung gerate, sie aufzuheben und mitzunehmen. Doch als vernünftige Taucherin lasse ich sie natürlich, wenn auch etwas wehmütig, wo sie sind.

Fische gibt es in dieser Region des Mittelmeeres, zu unserem großen Bedauern, nur sehr spärlich. Hin und wieder kreuzen kleine Schwärme winziger silberner Barsche unseren Weg.

Umso eindrucksvoller präsentieren sich die zahlreichen Unterwassercanyons und Gräben mit ihren kleinen Höhlen und versteckten Grotten. An einigen Stellen schießen aus engen Spalten unterirdische Ströme eiskalten Bergwassers hervor und zeichnen in der warmen Umgebung tanzende Schlierenflüsse ins Wasser. In zerklüfteten Spalten warten zahllose Seeigel auf die Nacht, um auf dem Riffdach auf Nahrungsfang zu gehen. Stellenweise schauen ihre langen und glänzendschwarzen Stacheln hervor, vor deren Berührung wir uns sorgsam in Acht nehmen, denn sie können schmerzhafte Verletzungen verursachen.

Halbschräg in einer kleinen Vertiefung prangt unübersehbar ein feuerroter, etwa handtellergroßer Seestern an der Wand. Tom und ich schauen ihm eine

Weile zu, wie er sich mit den vielen winzigen Füßchen an der Unterseite seiner fünf Arme im Zeitlupentempo vorwärts bewegt.

Als wir uns wieder Cem zuwenden, sehen wir ihn gerade noch über einen Felsenvorsprung in der Tiefe verschwinden. Mit ein paar schnellen Flossenschlägen folgen wir ihm und finden uns direkt vor einem niedrigen Höhleneingang wieder, der sich unmittelbar unter dem Überhang öffnet. Ein tiefschwarzes Loch gähnt uns entgegen, wir greifen automatisch zu unseren Unterwasserlampen und dringen langsam nacheinander durch den flachen Durchlass in das unbekannte Gewölbe vor.

Meine Konzentration richtet sich zu Beginn vor allem darauf, weder mit der Druckluftflasche noch mit einem anderen Teil meiner Ausrüstung an den scharfen Kanten des Eingangs entlang zu schrammen. Aber alles geht gut.

Innen erweist sich die Höhle größer als angenommen. Im Schein der Lampen schimmert der intakte Bewuchs unterschiedlichster Arten von Moostierchen und Algen in ihren bunten Pastelltönen. Winzige weiße, fast durchsichtige Krebstiere krabbeln dazwischen herum. Vorsichtig gleiten wir an den Wänden entlang und staunen. Dieses Kleinod ist noch völlig unberührt und ein echter Geheimtipp. Nur den versprochenen Schwarm Glasfische suchen wir leider vergeblich.

Der Tiefenmesser meines Tauchcomputers zeigt etwas mehr als dreißig Meter an. Hier unten können wir nicht mehr lange bleiben, wenn wir ohne Dekompressionsstopp auskommen wollen. Der Luftverbrauch ist, der

Tiefe entsprechend, ebenfalls ziemlich hoch und wir wollen schließlich noch diese mysteriöse zweite Höhle erkunden.

Wieder im freien Wasser folgen wir Cem links dem Felsverlauf und steigen dabei in eine geringere Tiefe auf. Plötzlich lässt sich Cem mehrere Meter auf ein recht ausgedehntes Felsplateau absinken. Etwas auf dessen Oberfläche hat seine Aufmerksamkeit erregt aber aus der Entfernung kann ich nichts Genaueres erkennen. Um Tom ein Zeichen zu geben, drehe ich mich um. Aber er und William haben Cems Abstecher längst bemerkt und sind schon auf dem Weg zum Plateau. Eilig schließe ich auf.

Es ist ein kurioses Bild, das sich uns kurze Zeit später bietet. Ein etwa dreißig Zentimeter großer Oktopus hat mehrere seiner Fangarme um Cems Arm gewickelt, einen sogar um einen seiner Atemschläuche. Er verschafft sich so vermutlich mit den Saugnäpfen Halt, um den restlichen Körper freizubekommen, an dem Cem ihn festhält. Ein paar Mal scheint es zu gelingen, aber immer wieder greift Cem blitzschnell zu und vereitelt so jeden Fluchtversuch. Und wir nutzen die Gelegenheit, dieses wundersame Geschöpf aus nächster Nähe zu bestaunen.

Langsam strecke ich meine Hand aus und berühre einen der Fangarme.

Weich, elastisch und glatt fühlt sich die Haut des Tintenfisches an, ganz entgegen meiner Erwartung. Und während ich meine Überraschung noch verarbeite, beschließt der Oktopus nun seinerseits, mich zu begrüßen, wickelt blitzschnell den von mir berührten Arm um mein Handgelenk und hält sich mit den Saugnäpfen daran fest. Die sanfte Berührung ist fremdartig aber nicht unangenehm. Sie wirkt eher neugierig oder freundlich, so, als wolle er mir „Guten Tag" sagen.

Amüsiert schauen die anderen zu.

Cem hält den Kraken nun auch nicht länger fest, was dieser, kaum überraschend, wenige Augenblicke später zum Rückzug nutzt. Mit einem Stoß blauschwarzer Tinte verabschiedet er sich und verschwindet eilig in einer Felsspalte.

Wir gleiten langsam weiter und biegen bald in einen breiten Graben ab, der sich um unzählige Gesteins- und Geröllblöcke windet und langsam aber stetig ansteigt. Mehrere stattliche Brocken versperren uns den direkten Weg und die Sicht nach vorn und so tauchen wir in Schlangenlinien um sie herum. Nach einer kleinen Rechtskurve spannt sich ein Felsüberhang wie ein Gewölbe von einer Seite des Grabens zur anderen und taucht die ganze Umgebung in ein diffuses dunkelgrünes Licht.

Während meine Hand automatisch nach meiner Lampe tastet, schaue ich mich in dieser eigentümlichen Halbfinsternis um. An den fast nackten Felswänden zu beiden Seiten gibt es nichts Besonderes zu entdecken, nur am Boden liegen vereinzelt ein paar Seeigelskelette.

Mein Blick fällt nach vorn, wo das Licht in ein helles Grün überwechselt, das ganz milchig aber intensiv leuchtet und vor dessen Hintergrund der Körper von Cem, der voraus schwimmt, wie ein verwischter schwarzer Scherenschnitt aussieht.

Was für ein Anblick!

Die Lampe in meiner Hand bleibt aus.

Neugierig schwimmen Tom und ich hinterher. Wir kommen dem hellen Licht immer näher und der Graben, der inzwischen kaum noch sieben Meter tief ist, weitet sich zu einer ausgedehnten Senke.

Zwei orangegelbe Flossen zappeln plötzlich schräg über uns an der Wasseroberfläche herum. Die kommen mir seltsam bekannt vor.

Noch bevor ich mir darüber weiter Gedanken machen kann, sind Cem und William zu uns heran geschwommen und Cem gibt, mit erhobenem Daumen, für alle das Zeichen zum Auftauchen.

Beeindruckt ziehe ich meine Maske vom Gesicht, kaum dass ich die Wasseroberfläche erreicht habe. Das ist ja einfach unglaublich!

Das Halbdunkel einer fast kreisrunden Höhle breitet sich vor meinen Augen aus, mit beinahe senkrechten Wänden und einer hoch geschwungenen Kuppel, an der, ganz oben, eine kleine ovale Öffnung den Blick auf den wolkenlos blauen Himmel freigibt. Ich drehe mich langsam um und bin erneut sprachlos. Auf halber Höhe klafft an der linken Höhlenwand ein knapp zwei Meter großes Fensterloch und wirkt wie ein überdimensionaler Scheinwerfer. Das grelle Sonnenlicht fällt als breite Lichtsäule schräg hindurch ins hintere Drittel der Höhle und setzt sich, gebrochen vom Wasser, bis auf den Grund der Höhle fort. Staubpartikel tanzen still und wie schwerelos in den schimmernden Strahlen, unwirklich, märchenhaft und atemberaubend schön.

Ich kann mich nicht satt sehen an dieser unglaublichen Szenerie und eine ganz eigenartige Euphorie erfasst mich. Ich fühle mich wie Scheherazade aus den Märchen von Tausendundeiner Nacht, so exotisch und gleichzeitig geheimnisvoll erscheint mir das alles. Noch dazu, weil wir hier sowohl unseren Sohn Max als auch Hasan vorfinden, die gerade grinsend zu uns heranschwimmen. Cem hatte Recht, diese Höhle ist wirklich eine absolute Überraschung. So etwas haben Tom und ich jedenfalls noch nie gesehen.

Auch die einzigartige Stille wird nur vom Plätschern der Wellen unterbrochen, die wir mit unseren Schwimmbewegungen erzeugen und deren klatschendes Geräusch von den Felswänden widerhallt. Fast ehrfürchtig senke ich meine Stimme auf ein Flüstern herab, um Max verblüfft zu fragen, wie, um alles in der Welt, sie hierher gekommen sind.

Das Grinsen von Max wird noch eine Spur breiter: „Da staunst du, was? Wir können nämlich zaubern!"

„Na klar", antworte ich lachend „das hab ich ja schon immer gewusst. Dann verrat mir doch, oh großer Magier, mit welchem Zauberspruch ihr euch Zugang zu diesem mystischen Ort verschafft habt."

Max lacht mit. „Nöhö, verrat ich nicht! Oder nur", überlegt er laut „gegen Zahlung einer Wunderverrategebühr."

So ein geschäftstüchtiger Schlingel!

Wir einigen uns auf ein Eis und eine Extracola aus der Kühltruhe des Tauchbootes. Max verspricht dafür, mir zu zeigen, wie er nachher gemeinsam mit Hasan die Höhle wieder verlässt.

Plötzlich bittet mich Hasan: „Anna, please sing for me".

Im ersten Moment bin ich ziemlich verwirrt über den eigenartigen Wunsch, dann weiß ich, es ist eine unvergleichliche Idee. Diese mehr als zehn Meter hohe Kuppel der Höhle bietet vermutlich eine hervorragende Akustik.

„Okay, but I will sing a german song", antworte ich nach kurzer Überlegung, denn mir ist, passend zu meiner Stimmung, gerade das richtige deutsche Lied eingefallen. Die anderen sehen erstaunt zu mir herüber, als kurz darauf mein Gesang die Stille unterbricht.

„So ein Tag, so wunderschööön wie heute…".

Obwohl ich gar nicht so laut singe, schallt meine Stimme kraftvoll durch das Gewölbe. Die Akustik ist tatsächlich einzigartig.

Nur Max schaut verlegen zur Seite.

Langsam schwimmend erkunden wir die Höhle. Die kahlen Wände sind hier und da von einer zarten Schicht Moos bedeckt, was sicher dem eindringenden Tageslicht zu verdanken ist. Besonders dort, wo die gleißende Lichtsäule den Grund und die Wände beleuchtet, hat sich im Lauf der Zeit eine bunte und vielfältige Meeresflora angesiedelt, spärlich zwar in ihrer Ausbreitung, aber dafür gut geschützt.

Als Cem schließlich das Zeichen zum Abtauchen gibt, erinnere ich mich, dass ich noch etwas zu erledigen habe. So folge ich Hasan und Max an den linken Rand der Höhle, unweit des seitlichen Scheinwerfer-Fensters. Max erklärt mir, ich solle den anderen nach unten folgen, von dort hätte ich die beste Sicht. Ich verstehe nicht ganz, doch Hasan nickt und so lasse ich mich langsam nach unten sinken. Was ich nun zu sehen bekomme, amüsiert mich.

Auch hier klafft eine mannshohe Öffnung im Fels, die einen halben Meter unter Wasser liegt und deshalb von oben nicht zu sehen war. Ehe ich mich versehe, strampeln erst Max und kurz darauf auch Hasan luftanhaltend hindurch und verschwinden auf der anderen Seite nach oben. Vorsichtig nähere ich mich dem Spalt. Aha, so ist das also! Wenn ich das richtig einschätze, dann ist das da drüben der Bergeinschnitt unserer Ankerbucht.

Toms ungeduldige Klopfzeichen bedeuten mir, dass er und die anderen auf mich warten.

Wir folgen dem Graben zurück und haben wenig später auch das Tauchboot wieder erreicht. Max und Hasan sind natürlich längst zurück und sobald alle mit ihrer Ausrüstung an Bord sind, lichtet Hasan den Anker und verlässt die kleine Bucht.

Doch die Fahrt dauert nicht lange.

Zwei Buchten weiter öffnet sich eine wundervolle Lagune. Türkisblau liegt sie friedlich in der Mittagshitze und ist so klar, dass man überall bis hinunter auf den Grund sehen kann, der, so schätzen wir, zwischen vier und acht Meter tief ist. Wir beobachten kleine Fische, die hier deutlich zahlreicher versammelt sind, weshalb diese Bucht auch „Aquarium" genannt wird, wie uns Cem erklärt. Wir finden, zu Recht.

Das Mittagessen aus Nudeln, gebratenem Hähnchen und frischem Tomantensalat mit viel Petersilie schmeckt in dieser Umgebung besonders gut, nur Susan jammert leise vor sich hin. Ihr krebsroter Rücken tut sicher höllisch weh und Aysha reibt sie vorsichtig mit reinem Olivenöl ein. Das ist ein hervorragendes Mittel, ich weiß es aus eigener leidvoller Erfahrung. „Wer nicht hören will, muss fühlen", denke ich kopfschüttelnd, aber sie tut mir schon leid.

Williams „oh, roastbeef, english", beantwortet sie hingegen prompt mit einem kräftigen Klaps auf dessen Hinterteil.

Ein plötzlicher Windstoß erfasst Susans Badetuch und fegt es vom Sonnendeck ins Wasser. Noch bevor wir irgendwie reagieren können, hat es sich voll gesogen und sinkt auf den Grund der Lagune.

Die Herren der Schöpfung fühlen sich augenblicklich verpflichtet, zu helfen. Es folgt ein sportlicher Wettstreit zwischen Cem, William und Tom. Während Susan um ihr schönes Handtuch bangt, sehen Aysha und ich an der Reling amüsiert diesem Treiben zu.

Die drei Männer tauchen abwechselnd, diesmal jedoch ohne jede Ausrüstung, um das Objekt der Begierde an Bord zurück zu bringen. Das ist gar nicht so einfach, wie es auf den ersten Blick aussieht. Durch das klare Wasser täuscht die Tiefe. Immer wieder müssen sie, bevor sie zugreifen können, zurück nach oben. Aber unsere begeisternden Anfeuerungsrufe begleiten sie und lassen alle drei zu Höchstform auflaufen.

Der glückliche Gewinner ist schließlich Tom, der mit Handtuch und stolz geschwellter Brust an Deck zurück klettert. Susan strahlt über das ganze Gesicht und bedankt sich bei ihm mit einem Küsschen auf die Wange, wobei er leicht errötet.

Anschließend genießen wir die verdiente Mittagsruhe. Das unablässige Sirren der Zikaden macht mich schläfrig, während sich das Boot sanft auf den Wellen wiegt.

Ich liege an Deck unter einem breiten Sonnensegel und träume mich zurück in diese wundervolle Märchenhöhle. Ich stelle mir vor, wie zierliche Elfen in durchscheinenden Gewändern lautlos auf dem Wasser tanzen oder raubeinige Seeräuber in den geheimen verwinkelten Grotten die erbeuteten Schätze verstecken, die selbstverständlich von unermesslichem Wert sind. Vielleicht könnte aber auch ein hässliches grünes Seeungeheuer hier seine verborgene Zuflucht haben.

Schließlich muss ich über mich selbst lachen. Ich habe augenscheinlich eine blühende Phantasie.

Aber ich weiß jetzt auch, warum Cem diesen Ort so mag. Von ihm geht ein ganz einzigartiger Zauber aus, und er gehört ab sofort ebenfalls zu meinen absoluten Lieblingsplätzen.

Als wir am späten Nachmittag unsere Logbücher mit den heutigen Daten ausfüllen, frage ich Hasan nach dem Namen des Tauchplatzes.

„Aladdins Cave", sagt er und lächelt.

Die Höhle des Aladdin!

Karibisches Roulette

Dominikanische Republik

Der Tag in Punta Cana beginnt mit strahlendem Sonnenschein, tropisch warm, entspannt und friedlich. Nichts deutet auf die Ereignisse hin, die diesem Tag unvergesslich ihren Stempel aufdrücken werden.

Im geräumigen Hauptrestaurant unseres Ferienressorts, in dem man immer ein freies Plätzchen findet, genießen wir ein ausgiebiges Frühstück.

Ich mag diesen Raum. Naturfarbene Rattansessel an runden, rot und gelb eingedeckten Tischen und halboffene Gitterwände aus weiß gestrichenem Holz verleihen dem Raum ein luftiges und ausgesprochen koloniales Flair. Auch der Service des Personals ist unaufdringlich und zuvorkommend und macht jeden Aufenthalt besonders angenehm. Wie jeden Morgen lehnen wir uns deshalb nach dem Essen noch eine Weile in die dicken geblümten Kissen zurück und besprechen bei einer Extratasse Kaffee den Ablauf des Tages.

Viel steht für heute nicht auf dem Programm. Gleich nach dem Frühstück sind wir zu einem Bootstauchgang bei der am Hotelstrand ansässigen Tauchschule angemeldet und für den späten Nachmittag haben wir einen Souvenirbummel durch das nahe gelegene neue Shoppingcenter ins Auge gefasst.

Den geplanten Tauchgang habe ich für mich allerdings in der letzten Stunde mehr und mehr in Frage gestellt. Mein Magen macht sich seit dem Aufstehen zunehmend unangenehm bemerkbar. Kann sein, dass ich es mit den tropischen Früchten gestern etwas übertrieben habe. Das kräftige Rumoren und Kneifen verdirbt mir jedenfalls langsam die Laune.

Ich trinke einen Schluck Kaffee und sehe Tom bedrückt an: „Du, ich glaube, ich lass das heute besser mit dem Tauchen. Die Bauchschmerzen werden immer stärker".

Tom schaut mich besorgt an. „Oh, ist es schlimmer geworden?"

„Leider ja."

„Willst du lieber zu einem Arzt?"

Ich schüttle den Kopf. „Nein, ich denke nicht, aber Tauchen ist heute eher keine gute Idee. Allein die lange Bootsfahrt bis raus zur Riffkante und bei dem Wellengang da draußen, und dann auch noch ein Tieftauchgang. Das trau ich mir einfach nicht zu."

Ich nehme einen weiteren Schluck aus meiner Kaffeetasse.

„Klar, kein Thema", sagt Tom „man soll nur tauchen, wenn man sich wohl fühlt. Es ist trotzdem schade, ich hatte mich schon darauf gefreut, endlich mal wieder Großfisch zu sehen."

Ich sehe Tom die Enttäuschung deutlich an.

„Übrigens", sagt er gleich darauf und zeigt auf meine Tasse „solltest du das mit dem Kaffee vielleicht heute besser sein lassen."

Ich nicke. „Stimmt, ich glaube, die haben hier auch einen guten Tee. Ich werd mich schonen, aber du kannst doch trotzdem mit rausfahren, wäre ja nicht das erste Mal, dass ich nicht dabei bin."

Tom schaut auf die Uhr. „Ich weiß nicht. Kann ich dich denn in dem Zustand einfach hier allein lassen?"

„Ja, sicher, so todkrank bin ich nun auch wieder nicht! Ich lege mich mit meinem Krimi solange unter meine Lieblingspalme am Strand. Bin gerade sowieso an einer ziemlich spannenden Stelle."

Tom wackelt nachdenklich mit dem Kopf. „Mal sehen. Lass uns runter zur Tauchbasis gehen, Marco wartet sicher schon auf uns. Du musst ihm ja wenigstens Bescheid sagen."

Die als Tauchstation dienende Holzbaracke ist bereits offen. Laut dröhnt der Kompressor aus dem rückwärtigen Raum und wir werfen einen Blick hinein. Simon ist gerade dabei, die für diesen Vormittag benötigten Druckluftflaschen zu füllen. Der kleine Raum ist voll gestopft mit allem, was das Taucherherz begehrt. Flossen, Masken, Lungenautomaten, Tiefenmesser und Kompasse, Neoprenanzüge in verschiedenen Größen, Blei, Unterwasserlampen und diverses Werkzeug. Alles steht oder hängt in scheinbar buntem Durcheinander neben den Flaschen und dem Kompressor. Wir rufen Simon ein freundliches „Hola" zu und wenden uns nach links, wo sich ein kleines Büro mit nach außen offenem Tresen befindet.

Hier treffen wir auch Marco, den Leiter der Tauchbasis, und dessen Frau Dana.

„Schön dass ihr kommt. Simon ist gleich soweit mit den Flaschen. Dann könnt ihr eure Ausrüstung schon mal fertig machen. Aber lasst euch ruhig Zeit, wir müssen ohnehin auf das Ersatzboot warten."

Tom horcht neugierig auf: „Ersatzboot? Ist euer Boot kaputt?"

„Das Boot nicht, aber der Außenborder will einfach nicht mehr anspringen. Simon bringt ihn nachher in die Werkstatt, hoffentlich kriegen die ihn wieder hin." Marco macht eine zweifelnde Handbewegung. „Deshalb fahre ich heute mit euch raus. Allerdings nur, wenn irgendwann das Boot von der Zentrale kommt. Eigentlich sollte es schon da sein."

Die sogenannte Zentrale ist der Hauptsitz der Tauchschule und befindet sich in einem der riesigen Urlauberressorts, zu dem mehrere große Hotelkomplexe gehören und die in verschiedenen umliegenden Hotels etliche kleine Tauchbasen-Außenstellen betreibt. Ein dominikanischer Geschäftsmann leitet die Tauchschule und ist Chef aller Zweigstellen. Eine davon ist die in unserem Hotel, welche von Marco betreut wird, der nicht Besitzer, sondern wirtschaftlicher Betreiber ist. Allerdings hat er so die Möglichkeit, wie bei diesem Motorschaden, Hilfe von der Zentrale anzufordern, was die Sache erheblich vereinfacht. Jedenfalls theoretisch. Der karibischen Lebensart entsprechend kann das aber etwas dauern. Aber Ungeduld ist eine europäische Untugend und hier völlig fehl am Platz.

Nach einem kurzen Blick auf das Meer wendet sich Marco also nur kopfschüttelnd wieder dem Tresen zu, an dem Kathrin, die vor drei Tagen ihre Tauchausbildung erfolgreich abgeschlossen hat, und ein weiterer Urlauber stehen und gemeinsam mit Dana ihre Planung für die nächsten Tage besprechen.

Das ist genau mein Stichwort: „Du, Marco, ich hab da noch was auf dem Herzen."

Ich erkläre ihm, warum ich heute nicht mitkommen werde, als Tom sich plötzlich einmischt, um sich ebenfalls für heute abzumelden. Fragend blicke ich ihn an, aber er schüttelt nur den Kopf und blinzelt mir zu. Jetzt bin ich erst recht gespannt.

Marco reagiert zu unserer Erleichterung gelassen. „Das ist schade. Aber kein Problem, dann geh ich nur mit Kathrin und Manfred. Vorausgesetzt, das Boot kommt endlich, sonst fällt das hier heute alles ins Wasser", sagt er mit erneutem Blick zum Meer und sein Ton klingt inzwischen leicht verärgert. Weil Simon in diesem Moment mit Werkzeug aus der Baracke kommt, sagt Marco kurz noch: „Okay, meldet euch heute Nachmittag mal, was wegen der Planung der nächsten Tage ist", und verschwindet mit Simon in Richtung Strand.

Wir schlendern quer über den Volleyballplatz zurück zum Restaurant.

„So", platze ich heraus, kaum dass wir außer Hörweite sind „raus mit der Sprache! Warum fährst du so plötzlich auch nicht mit?"

„Weil das Unglück gebracht hätte, ohne dich." Tom bleibt stehen und zieht mich zu sich heran. Völlig entgeistert schaue ich ihn an. Das meint er doch nicht ernst? Auch nach zwanzig Jahren Ehe schafft er es hin und wieder doch noch, mich zu verblüffen. Wie gerade jetzt.

„Seit wann bist du denn abergläubisch, das ist ja ganz was Neues?"

„Ich weiß auch nicht", sagt er merkwürdig ernst, „irgendwie passt heute alles nicht. Erst willst du nicht tauchen, weil du dich nicht wohl fühlst, obwohl du sonst nicht so empfindlich bist, dann ist der Motor vom Tauchboot kaputt und dann kommt noch das Ersatzboot von der Zentrale ewig nicht. Nein, das alles zusammen ist für mich kein gutes Omen! Ich verlass mich da auf deine Intuition, die war schon immer gut. Wenn du NEIN sagst, dann gilt das auch für mich. Und außerdem", fügt er lächelnd hinzu „hatte ich ohne dich auch gar keine Lust."

Meine Intuition! Was für eine Übertreibung. Zugegeben, ich habe manchmal ein feines Gespür für Situationen, aber irgendwelches Unheil voraussehen, das kann ich natürlich nicht. Es sind einfach nur dumme Bauchschmerzen, mehr nicht.

Ich kann nicht wissen, dass ich nur wenige Stunden später versucht sein werde, ihm zuzustimmen.

„Na, dann lass dich von deinem Orakel küssen", hauche ich mit theatralischer Geste und drücke ihm einen dicken Kuss auf den Mund „und sag mir, was wir stattdessen heute Schönes anstellen."

„Auf jeden Fall etwas ganz Verrücktes." Tom überlegt einen Moment, dann schaut er mich grinsend an: „Und ich weiß auch schon was. Komm mit!"

Er greift nach meiner Hand und zieht mich Richtung Rezeption.

Eine halbe Stunde später liegen wir unter einem der riesigen Sonnenschirme aus Stroh am kleinen Pool im hinteren Teil der Hotelanlage. Zwischen uns stehen auf einem grünen Plastikhocker ein Glas Tee für mich und eine Tasse mit Cappuccino für Tom, unter deren Untertasse ein kleiner weißer Buchungsbeleg klemmt.

Den Rest des Vormittags faulenzen wir unter dem Schirm oder in der Sonne, lesen, kühlen uns immer wieder im Pool ab und genießen die Ruhe.

Zum Mittagessen schlendern wir hinunter zum Strandrestaurant, unter dessen offenem Dach aus kunstvoll geflochtenen Palmblättern täglich ein umfangreiches, aber leichtes Mittagsbuffet angeboten wird. Wir lassen uns Pasta Bolognese, gemischten Salat und Wassermelone schmecken. Meine Bauchschmerzen haben erfreulich nachgelassen und damit das auch so bleibt, lasse ich die verlockenden Orangen- und Ananasstückchen wo sie sind, auf der Obstpyramide des Buffets. Stattdessen genehmige ich mir ein weiteres Glas Tee.

Unsere Blicke wandern, während wir essen, immer wieder quer über den breiten Strand, hinüber zur Tauchbasis. Doch die liegt völlig verlassen in der Mittagshitze, nicht mal Dana im Büro ist zu sehen. Von der vorbereiteten Ausrüstung steht nichts herum und auch die hohen Holzgestelle, die für das Trocknen der Ausrüstung genutzt werden, sind leer. Die Gruppe ist offensichtlich noch unterwegs. Ungewöhnlich für diese

Tageszeit. Das Ersatzboot scheint sehr spät gekommen zu sein.

Nach einer kurzen Mittagspause auf unserem Zimmer holt uns pünktlich um fünfzehn Uhr ein klimatisierter Kleinbus am Hoteleingang ab und fährt dem Abenteuer entgegen, das seit heute Vormittag auf unserem kleinen Buchungszettel steht. Er bringt uns direkt zum zwei Kilometer entfernten Helikopter-Landeplatz, wo der gebuchte Rundflug über Punta Cana starten soll. Dreißig Minuten wird er dauern. Ich fühle mich wagemutig, denn ich leide unter fürchterlicher Flugangst.

Als wir am Flugplatz ankommen, ist der Helikopter noch unterwegs. Doch wir müssen nicht lange warten, bis wir das charakteristische Rotorengeräusch vernehmen. Kurze Zeit später besteigen wir, zusammen mit einem weiteren Urlauber, der vorn neben dem Piloten Platz nimmt, während Tom und ich es uns auf den Rücksitzen bequem machen, den Helikopter. Etwas irritiert bemerke ich, dass es nur eine Frontscheibe gibt, die Seitentüren sind offen. Ich bin skeptisch. Hoffentlich fallen wir nicht während des Fluges heraus!

Auf jeden Fall wird es eine ziemlich windige und laute Angelegenheit, das ist mir seit dem Einsteigen unter den sich drehenden Rotorblättern deutlich bewusst.

Wir bekommen Kopfhörer als Ohrenschutz, schnallen uns an und los geht's.

Senkrechtstart!

Ich bin so fasziniert von diesem unerwartet sanften Abheben, dass ich meine Flugangst völlig vergesse.

Je höher wir steigen, umso grandioser wird die Aussicht. Eine gelbgrüne Küstenlinie erstreckt sich unter uns, mit ihren unter unzähligen Palmen versteckten Hotelanlagen, und im türkisfarbenen Wasser zeichnen sich die Korallenriffe deutlich als dunkle Flecken ab.

Tom zeigt auf unser Hotel, als wir es endlich entdeckt haben und der Pilot dreht mit uns eine Ehrenrunde.

Weiter führt der Flug immer die Küste entlang. Am Ende der weit geschwungenen Bucht dreht der Pilot in Richtung offenes Meer und nimmt direkten Kurs auf das Wrack der „Astron". Das gut sechzig Meter lange Schiff ist vor mehreren Jahren, nur ein paar hundert Meter vom Ufer entfernt auf einem Riffdach gestrandet und wenig später bei einem der herbstlichen Tropenstürme auseinander gebrochen und halb versunken. Nun ragen der Bug und ein paar der Aufbauten noch teilweise aus dem Wasser und rosten langsam vor sich hin. Durch seine besondere Lage ist das Wrack auch ein ideales Objekt für Taucher. Tom und ich schauen uns schmunzelnd an, als wir darüber kreisen. Erst vor zwei Tagen sind wir selbst zwischen den Wrackteilen herum geschwommen. Aber wir sind uns einig, von oben ist die „Astron" ein ebenso rostiger alter Kasten wie unter Wasser. Leider erinnert mich das auch an den stattlichen Dreiangel, den ich mir an einer der scharfen Metallkanten in meinen Tauchanzug gerissen habe. Die Wirbel und Strömungen rund um ein Wrack im flachen Wasser sind nicht zu unterschätzen.

Viel zu schnell landen wir wieder auf dem kleinen Flugplatz. Das war eine der kürzesten halben Stunden und mit Abstand eine der schönsten. Ich fühle mich euphorisch. Helikopterfliegen macht Spaß! Von Flug-angst keine Spur!

Sogar Tom ist noch ganz begeistert, als wir wieder im Hotel ankommen: „Ich hätte jetzt Lust, auf eine schöne kühle Pinacolada."

Ein kurzer Blick auf die Uhr zeigt, es ist früher Nach-mittag - eigentlich noch keine Zeit für alkoholische Getränke. Doch zur Feier des Tages steuern wir direkt auf die Poolbar zu

„Schau mal, da sitzen ja Katrin und Marco. Sie sind inzwischen auch zurück."

Toms Blick folgt meinem Kopfnicken in Richtung Poolterrasse.

„Na prima, dann können wir uns gleich erzählen las-sen, was wir heute Schönes verpasst haben. Pass mal auf, die haben bestimmt einen Walhai oder was ähnlich Spektakuläres zu sehen bekommen."

„Das kann uns doch nach unserem tollen Heliflug heute gar nichts ausmachen, oder? Wir haben schließ-lich auch was zum Angeben", behaupte ich mit stolz geschwellter Brust. „So spektakulär kann der Tauch-gang gar nicht gewesen sein, dass er das toppt."

Ich ahne noch nicht, wie sehr ich mich irre.

Katrin winkt etwas schwerfällig zu uns herüber. „Hey, Anna, Tom, kommt her, ich feiere heute meinen Geburtstag, jawohl! Wir haben schon mächtig Spaß."

Die Ironie in Katrins Stimme ist nicht zu überhören und als wir näher kommen sehe ich deutlich getrockne-te Tränenspuren unter ihren verquollenen Augen. Auch Marco wirkt keinesfalls fröhlicher.

„Hier stimmt irgendetwas nicht", flüstere ich Tom zu.

„Das glaube ich auch. Ich hol uns besser erstmal was zu trinken."

Während Tom zur Bar geht, lasse ich mich auf einem der herumstehenden Terrassenstühle nieder.

„So, na dann verrate doch mal, der wievielte Geburtstag gefeiert wird."

„Mein erster!", sagt Katrin. „Ich bin heute nämlich wiedergeboren worden. Welchem Schutzengel ich das zu verdanken habe, weiß ich nicht, aber ich bin echt froh, dass offensichtlich einer da war."

Ich schaue leicht irritiert auf die leeren Gläser vor den beiden und frage mich, wie viel sie schon getrunken haben und vor allem, wovon?

In diesem Moment kommt Tom mit unseren Drinks von der Bar. Nachdem wir alle sitzen, beginnen Marco und Kathrin, uns die ganze unfassbare Geschichte zu erzählen.

Das Ersatzboot war tatsächlich erst gut eine Stunde nach unserem Weggang an der Tauchbasis eingetroffen. Allerdings gab es von Anfang an Verständigungsprobleme. Der zugehörige einheimische Bootsbesitzer stand etwas hilflos den Anordnungen von Marco gegenüber, was erstens an der mangelnden englischen Sprachkenntnis des Dominikaners lag und zweitens, was noch schlimmer war, an der Tatsache, dass er von den Anforderungen einer Tauchergruppe an sein Boot nicht die geringste Ahnung hatte. Nach langem Palaver mit Händen und Füßen war schließlich herausgekommen, dass er völlig neu in diesem Geschäft und nur aus Mangel an anderem Personal vom Basisbetreiber eingesetzt worden war. Als gute Voraussetzungen konnte man das wirklich nicht bezeichnen, aber nach einigem Hin und Her und mehreren Beinahe-Wutanfällen von Marco, waren sie schließlich doch hinausgefahren. Das sie diese Entscheidung in akute Lebensgefahr bringen würde, war selbst bei diesen eher ungünstigen Voraussetzungen, nicht im Entferntesten vorauszusehen

Die Fahrt verlief zu Beginn ohne große Probleme, allerdings präsentierten sich Wellengang und Strömung vor der Riffkante doch kräftiger als angenommen. Am Tauchplatz hatte Marco sich mehrfach versichern lassen, dass der Kapitän die Position des Bootes während der halbstündigen Tauchzeit auch bei diesen Bedingungen würde halten können, was dieser durch wiederholtes und heftiges Kopfnicken bestätigte, dann waren die drei abgetaucht.

Vom Tauchgang selbst wusste Kathrin nicht mehr viel, nur dass sie ziemlich tief gewesen waren und trotzdem, außer zwei kleineren Exemplaren von Riffhaien, nichts Besonderes zu Gesicht bekommen hatten. Auch gegen die Strömung anzuschwimmen hatte sich als ermüdend erwiesen.

Der Schock kam an der Wasseroberfläche und machte sie alle drei schlagartig wieder hellwach. Das Boot war weg!

Am Anfang hatten sie noch geglaubt, es wegen der recht tiefen Wellentäler nicht sofort ausmachen zu können. Das war nicht ungewöhnlich und kam bei solchen Tauchfahrten häufiger vor. Meist kreisten die Boote mehr oder weniger weitläufig um das Tauchgebiet herum, um die Position besser halten und aufgrund der starken Strömung abgetriebene Taucher besser wieder aufnehmen zu können. Nachdem sie aber, jeder in eine andere Richtung gedreht, mehr als zehn Minuten vergeblich Ausschau gehalten hatten, machte sich in ihnen ein stetig stärker werdendes mulmiges Gefühl breit, welches, jedenfalls bei Kathrin, schnell in echte Angst umschlug.

Marcos anfängliche Verblüffung wandelte sich ebenso rasch in ausgemachte Wut. Doch er hatte als Tauchguide die Verantwortung, und nach einem Blick auf die angstgeweiteten Augen von Katrin und die erschöpften Paddelbewegungen des über fünfzigjährigen Manfred, musste er zuallererst dafür sorgen, dass keine Panik aufkam. Ein Blick auf die grüne Küstenlinie ließ ihn eine Entfernung von gut drei Kilometern schätzen. Da kam eine gehörige Herausforderung auf sie zu, denn ihnen blieb wohl oder übel nichts anderes übrig, als an Land zurück zu schwimmen.

Marco kämpfte die auch in ihm aufsteigende Panik nieder. Er musste schließlich einen kühlen Kopf behalten. Die Lage sah ernst aus und konnte schnell in einer Katastrophe enden. Doch er war routiniert genug, um die wichtigsten Grundregeln, die jetzt ihr Überleben sichern konnten, im Auge zu behalten. Als erstes prüften alle ihren restlichen Luftvorrat. Das war leider nicht viel, kaum mehr als die üblichen fünfzig bar, aber immerhin.

Er erklärte Kathrin und Manfred so ruhig wie möglich die Situation und was sie nun tun würden. Die beiden waren ihm dafür dankbar und beruhigten sich etwas. Da sie zu Beginn noch die Restluft in den Tanks hatten, tauchten sie auf knapp zwei Meter erneut ab und schwammen ganz dicht unter der Wasseroberfläche dahin, was den Widerstand erheblich verringerte und deutlich weniger Kraft in Anspruch nahm. Danach schallten sie sowohl die leeren Flaschen als auch ihre Bleigurte ab, überließen sie dem Meer und setzten ihren langen Weg von da an schwimmend fort. Einzig ihre Neoprenanzüge schützten sie jetzt vor der sengenden Sonne, vor dem langsamen Auskühlen des Körpers im Meerwasser und boten vor allem genügend Auftrieb, um sie an der Wasseroberfläche zu halten. Gedanken an eventuell gefährliche Meeresbewohner verboten sich die drei rigoros. Angst lähmt, und sie brauchten jetzt alle Kraft die sie hatten.

Sie schwammen und schwammen, doch die Küstenlinie wollte nur quälend langsam näher kommen. Zwischendurch drehten sie sich immer wieder auf den Rücken um auszuruhen.

Wenigstens die Wellenhöhe hatte leicht abgenommen, je weiter sie sich von der Riffkante entfernten. Immer wieder hielten sie nach dem Boot Ausschau. Vielleicht würde es ja doch noch zurückkommen und sie aufsammeln.

Vergeblich! Das Boot blieb wie vom Erdboden verschluckt.

Müdigkeit machte sich langsam breit und quälender Durst setzte ihnen zu.

Ganz ungefährlich war eine solche Schwimmtortur nach einem Tieftauchgang, wie sie ihn absolviert hatten, leider auch nicht. Die Stickstoffsättigung im Blut war entsprechend hoch und es lauerte die Gefahr einer Dekompressionserkrankung. Wenn in einer Situation wie ihrer jetzt solche Probleme auftauchten, hätten sie ziemlich schlechte Karten. Die Pausen wurden von Mal zu Mal länger.

Und noch etwas kam hinzu. Je länger sie schwammen, desto stärker hatte Marco das Gefühl, dass sie unmerklich nach links abdrifteten. Ihm fiel wieder ein, dass hier zuweilen starke Unterströmungen herrschten, die, wenn sie ungünstig kamen, sie alle am Land vorbei ins offene Meer ziehen würden. Aber das behielt er besser für sich und korrigierte heimlich, so gut er konnte, immer wieder den Kurs.

Sie waren zum Schluss nur noch mechanisch geschwommen, ohne zu denken, ohne auf die schmerzenden Arme und Beine zu achten, nur noch mit dem eisernen Willen, durchzuhalten um zu überleben.

Völlig erschöpft hatten sie irgendwann irgendeinen Strand erreicht und waren kraftlos liegen geblieben. Sie hatten weder eine Ahnung, wo sie sich befanden noch wie spät es war.

Marco ließ sie unter ein paar Büsche in den Schatten kriechen, und nachdem er sich selbst etwas ausgeruht hatte, schärfte er den beiden ein, hier unter allen Umständen zu warten und keinesfalls auf eigene Faust loszulaufen, dann verschwand er hinter den Büschen. Wie lange er weg gewesen war, konnte Kathrin nicht mehr sagen, jedenfalls war er mit einer Flasche mit köstlich kühlem Wasser zurückgekehrt und eine gute Stunde später hatte Simon sie mit dem Kleintransporter der Tauchbasis aufgelesen.

„Tja, und seit dem sitzen wir hier und ich bin froh, dass ich noch lebe", sagt Kathrin zum Schluss. Marco nickt zustimmend.

„Was ist das nur für eine Riesensauerei?", frage ich fassungslos, nachdem ich meine Sprache halbwegs wiedergefunden habe. „Wie kann der einfach so mit dem Boot abhauen und sich nicht wieder blicken lassen. Habt ihr schon was rausgekriegt, warum?"

„Nein", sagt Marco „aber ich lass mich jetzt gleich von Simon zur Hauptbasis fahren. Die können was erleben, das könnt ihr glauben."

Kaum zehn Minuten später macht er sich auf den Weg, wir aber sitzen und reden, bis die kurze Dämmerung hereinbricht und es Zeit wird, uns für das Abendessen fertig zu machen. Kathrin hat sich inzwischen wieder weitgehend gefangen, aber der Schock sitzt sicher tief.

Auch bei uns bleibt die Geschichte das Gesprächsthema des Abends. Beim Essen schaut Tom mich plötzlich ernst an: „Du bist wirklich eine gute Fee." Ich begreife nicht sofort, was er damit sagen will, und schaue ihn fragend an.

„Na ja, stell dir mal vor, ich wäre ja beinahe auch dabei gewesen. Und wenn man so will, du genauso. Jedenfalls war es ursprünglich so geplant."

„Ach ja", denke ich „ich und meine so viel gepriesene Vorahnung", und nicke.

Tom hat irgendwie Recht. Ohne meine Bauchschmerzen wären wir mit von der Partie gewesen und um diesen Schwimmmarathon wohl oder übel auch nicht herumgekommen. Ich schüttle mich bei diesem Gedanken. Trotzdem glaube ich immer noch, dass es eher ein Zufall war, aber vielleicht hat eben doch jemand seine schützende Hand über uns gehalten und uns auf diese Weise vor Unheil bewahrt. Das Ganze hätte ein ziemlich böses Ende nehmen können, denn so, wie Kathrin und Marco es erzählt haben, war es ganz schön knapp.

„Komm, lass uns lieber das Thema wechseln und über den super tollen Heliflug reden", schlage ich Tom deshalb vor, und er steigt dankbar darauf ein.

Doch den ganzen Abend kehren wir immer wieder zu diesem unglaublichen Ereignis zurück, stellen diverse Vermutungen an, warum das Boot so einfach verschwunden, und auch nicht wieder aufgetaucht ist, aber wir kommen zu keiner einleuchtenden Erklärung. Dann hat Tom plötzlich eine ungeheure Idee, die sich gar nicht schmeichelhaft für den Kapitän anhört, und die so absurd wäre, dass ich darüber hinweggehe. Hoffentlich hat er Unrecht.

Die Frage begleitet uns, bis wir ins Bett gehen, denn Marco kehrt bis zum späten Abend nicht mehr zurück.

An den nächsten zwei Tagen bekommen wir Marco nicht zu Gesicht und auch Kathrin weiß nichts Neues. Der Tresen der Tauchschule bleibt unbesetzt, einzig Simon macht mit ein paar Tauchschülern die üblichen Übungen im Hotelpool. Auf unsere Fragen erfahren wir nur, dass Marco immer noch in der Zentrale ist und wir es später noch einmal versuchen sollen.

Am dritten Tag ist er endlich wieder da, als wir nach dem Frühstück zur Basis hinunter schlendern. Er sitzt mit Kathrin und Dana am Tisch neben dem Trockenplatz und trinkt Kaffee.

„Guten Morgen zusammen, na, was gibt's Neues? Was haben die in der Zentrale denn nun zu dieser derben Nummer gesagt?", fragt Tom und sieht Marco an, der die Augenbrauen hochzieht und laut schnauft.

„Hör bloß auf, mir kocht immer noch die Galle über. Die sind hier so was von gleichgültig und…, ach von was weiß ich, das spottet jeder Beschreibung."

„Wieso? Sag bloß, die finden das mit dem Boot okay?"

„Ja, das war einfach nur Pech, sagen sie. Hat den Basisleiter in der Zentrale auch nicht wirklich interessiert. Der Kapitän hat wohl einen großen Thunfisch oder so gesichtet und ist hinterher. Das sei hier ganz normal, die Leute leben schließlich vom Fischfang. Wir sind für den doch bloß ein paar blöde Touristen, die beinahe draufgegangen wären."

„Hä?" Mir bleibt der Mund offen stehen. „Das ist doch ein schlechter Scherz, oder?"

„Leider nicht. Ich hab den Typen angeschrien, ob er weiß, dass das mindestens fahrlässige Tötung gewesen wäre, aber er hat mich stehen lassen wie einen kleinen Jungen. Ich hätte dann wohl dem Bootsführer keine ordentlichen Anweisungen gegeben, und außerdem solle ich gelassener bleiben, es wäre doch nichts passiert."

„Ist das eine Frechheit, ich glaub es ja nicht. Hat der einen Knall?"

Mir fällt wieder ein, was Tom gestern Abend vermutet hat und diesmal hatte offensichtlich er die hellseherischen Fähigkeiten. Vielsagend blicken wir uns an.

„Tja, und nicht nur einen, wenn ihr mich fragt" sagt Marco. „Unter solchen Voraussetzungen kann ich aber auch die Verantwortung für meine Taucher nicht mehr übernehmen. Ich überlege schon ernsthaft, ob ich den ganzen Kram hier hinschmeiße."

Er meint es bitterernst, das sehe ich in seinem Gesicht.

Was für eine unerhörte und beispiellose Ignoranz von diesem einheimischen Geschäftsmann und seinen so genannten Angestellten. Und wenn tatsächlich was passiert, wandern nicht sie, sondern Marco als Tauchlehrer hinter Gitter. Es ist hier ohnehin üblich, erstmal die Ausländer festzusetzen. Das bringt, wegen der hohen Kautionszahlungen, ganz hübsche zusätzliche Geldeinnahmen in die Taschen der Beamten. Und die Europäer zahlen bei dem Gedanken an die dominikanischen Gefängnisse in der Regel ziemlich schnell.

Vorerst will Marco trotzdem den Tauchbetrieb aufrechterhalten, allerdings nimmt er alle Ausfahrten zur Riffkante aus dem Programm. Im strandnahen Bereich gibt es zum Glück noch genügend ansprechende Tauchplätze und so planen wir schon mal die nächsten drei Tage.

Während dieser Zeit versucht Marco vehement, bei der Zentrale durchzusetzen, den Bootsführer als untragbar dauerhaft von der Einsatzliste zu streichen. Aber er rennt gegen Windmühlenflügel. Schließlich gibt er resigniert auf und schmeißt dem Leiter wütend den ganzen Kram vor die Füße. AUS! Es reicht!

Innerhalb von drei weiteren Tagen haben Marco und Dana ihre Habseligkeiten zusammengepackt.

Unser Urlaubsende ist noch nicht erreicht, als sie sich endgültig Richtung Kanada auf den Weg machen.

Die Tauchbasis bleibt bis auf Weiteres geschlossen.

St. George

Dominikanische Republik

Der Himmel strahlt in tiefstem Ozonblau. Es ist erst wenige Minuten vor sieben am Morgen, als der schmutzigblaue Nissan Minibus der Tauchschule die Auffahrt heraufrumpelt und direkt unter dem Vordach der offenen Rezeption zum Stehen kommt.

Das Viersterne-Hotel liegt mitten in Playa Bavaro, einer lang gestreckten Hotelzone, die in den letzten Jahren entlang der östlichen Traumstrände der Dominikanischen Republik aus dem Boden gestampft worden ist. Diese Gegend wird nur von wenigen Einheimischen in vereinzelten kleinen Fischerdörfern bewohnt und so sind die Touristen hier weitgehend unter sich.

Die Dominikanische Republik teilt sich die zweitgrößte Insel der Großen Antillen mit Haiti, einem der ärmsten Länder dieser Erde. 1492 von Kolumbus entdeckt und von ihm liebevoll Hispaniola – Klein Spanien genannt, hat die Insel Einiges zu bieten. Ihre Strände gehören zu den besten der Karibik und die ausgedehnten Riffe vor den Küsten ziehen jedes Jahr Heerscharen von Unterwassersportlern in ihren Bann.

Wir gehören auch dazu.

Peter, unser deutscher Tauchlehrer klettert gähnend aus dem Wagen. „Hola, zusammen", murmelt er noch etwas schlaftrunken. „Schon alle da oder fehlt noch jemand?"

„Ja genau, wer fehlt, Hand hoch!", witzelt Carsten, der mit seinen verblichenen Jeans und dem dunkelblauen Seeräuberkopftuch wie ein richtiger Weltenbummler aussieht. Auch sein Freund Mike neben ihm könnte glatt als Abenteurer durchgehen, nicht zuletzt wegen der blonden schulterlangen Lockenmähne und des dicken Silberrings, der an seinem linken Ohr baumelt. Seit wir gemeinsam mit ihnen vor der Rezeption warten, unterhalten sie uns mit allerlei charmanten Geschichten von ihren Reisen und Taucherlebnissen. Ich schätze sie auf höchstens Ende Zwanzig und bin erstaunt, was sie schon alles gesehen und erlebt haben. Sie wirken recht routiniert.

Natürlich sind wir alle da, denn wir sind heute nur zu viert geplant. Peter überblickt das bei dieser riesigen Anzahl ebenfalls sofort.

„Ganz wichtig heute! Checkt bitte alle noch mal ganz genau eure Ausrüstung. Maske, Flossen, Automat, Computer, Jacket, Adapter wenn nötig, Fotoapparate und so weiter. Wenn ihr was vergesst, endet euer Tauchgang nachher auf dem Trockenen, noch bevor ihr im Wasser seid", ermahnt er uns eindringlich.

Das wäre bei dem angekündigten Wrack nun wirklich bitter schade

Dank der Informationsmappen der Tauchbasis sind wir inzwischen bestens darüber informiert. Die „St.

George" ist ein dreiundsiebzig Meter langer ehemaliger transatlantischer Getreidefrachter, der 1962 in Schottland unter dem Namen „M.V. Norbrae" gebaut wurde. Nach zwanzig Jahren treuer Dienste in Santo Domingo außer Dienst gestellt, erlitt das Schiff kurze Zeit später durch den Hurrikan George, von dem es deshalb den neuen Namen bekam, erhebliche Beschädigungen. In der Folge einigten sich die Behörden und versenkten den Pott 1999 vor der Küste von Bayahibe. Seither dient das Wrack dort als künstliches Riff und ist ein beliebtes Tauchziel. Allerdings ist die „St. George" für Tauchanfänger ziemlich ungeeignet, weil sie zwar aufrecht unter Wasser steht, aber mit gut vierzig Meter Kieltiefe den Versenkern versehentlich ein wenig zu tief gerutscht ist.

Dieser wird mit Sicherheit deshalb einer der kürzeren Tauchgänge werden, aber so ein gut erhaltenes Wrack ist es allemal wert.

„Also Leute, hört noch mal zu" bittet Peter.

„Wenn wir an der südlichen Inselseite angekommen sind wird unser Minibus an einer einsamen Bucht in der Nähe des Ortes Bayahibe parken. Vor Ort gibt es keine Tauchbasis, wir haben nur den Strand und unseren Minibus. Nachdem wir die Ausrüstung zusammengebaut und uns fertig gemacht haben, steigen wir in ein kleines Schlauchboot, das uns direkt zum Tauchplatz bringt. Ich sag es also noch mal, vergessenes Equipment wird gnadenlos dazu führen, dass ihr zwar eine schöne Landpartie aber leider keinen eindrucksvollen Tauchgang erlebt."

Wir nicken. Das leuchtet ein.

Beim Verladen unserer Gerätetaschen fällt mein Blick in das offen stehende Heck des Nissan.

Einen kleinen Notbedarf an Ersatzteilen sowie den vorgeschriebenen Notfallkoffer mit Sauerstoff hat Peter, neben den gefüllten Druckflaschen und der obligatorischen Kiste mit Blei, selbstverständlich dabei. Das sollte eigentlich reichen.

Am Steuer begrüßt uns erwartungsgemäß Miguel, Peters dominikanischer Mitarbeiter, zweiter Tauchlehrer, Ausrüstungswart und sowieso seine rechte Hand. Und heute eben unser Fahrer, was mehr als vernünftig ist. Die Schuld bei Verkehrsunfällen jeglicher Art wird hier schnell den beteiligten Ausländern gegeben, egal ob das stimmt und wie gering der Schaden auch sein mag. Was in der Regel mindestens teuer oder durch ein unerwartetes Logis in einem der Gefängnisse zusätzlich recht ungemütlich werden kann.

Zu meiner Überraschung sitzt auf der hintersten Reihe im Fonds bereits ein untersetzter Mittvierziger, den uns Peter als Carlos vorstellt und mit dem er sich, kaum das wir losgefahren sind, ein heftiges Wortgefecht liefert. Dabei schüttelt Peter mehrfach heftig den Kopf und klopft aufgebracht auf die Tauchuhr an seinem linken Handgelenk.

Worum es geht, kann ich nicht verstehen, denn die beiden sprechen spanisch. Wie es aussieht, hat der kleine Dicke wohl keinen Tauchcomputer dabei. Peters Gesprächspartner ist mir auf Anhieb unsympathisch. Nicht nur wegen des überheblichen Gehabes, sondern besonders wegen der Lautstärke, mit der er diskutiert.

Wer am lautesten redet hat nicht automatisch auch Recht.

„Wir halten am Bavaro Princess" ruft Peter Miguel zu. Der nickt und biegt wenige Minuten später von der Hauptstraße auf die Einfahrt des Ferienressorts und hält an einem kleinen Rondell.

Peter und der Dicke steigen gemeinsam aus und verschwinden in der weitläufigen Hotelhalle. Aber es dauert keine fünf Minuten, dann sind die beiden schon zurück. Der Tauchcomputer in Peters Hand scheint meine Vermutung zu bestätigen.

„Sorry Leute", entschuldigt sich Peter und schwingt sich auf den Beifahrersitz „der kleine Umweg war leider nötig. Aber jetzt kann es losgehen."

Miguel startet den Motor und lenkt zurück auf die Hauptstraße.

„Was war das denn für ein Theater?", flüstert Tom und beugt sich neugierig nach vorn, kaum das wir unterwegs sind.

Peter winkt ab und schüttelt den Kopf. „Weißt du Tom, es gibt tatsächlich Taucher, die wollen es nicht begreifen. Tauchcomputer sind eine feine Angelegenheit und deshalb sollte man sie auch benutzen. Schon zur eigenen Sicherheit".

„Ja logisch, und?", flüstert Tom erneut.

„Kannst ruhig laut reden, Carlos versteht kein Deutsch."

Tom nickt: „Was war das Problem? Ist sein Computer kaputt?"

„Quatsch, bescheißen wollte er mich! Aber das läuft so nicht. Nicht mit mir!"

Carlos scheint das alles wenig zu interessieren, denn er hat sich seinen Walkman aufgesetzt und die Augen geschlossen.

„Wie jetzt, bescheißen?", mischt sich von hinten Carsten ein.

„Das ist ganz einfach. Er war die letzten zwei Tage schon dabei. Und gestern am Außenriff auch ziemlich lange und ganz schön tief. Was eine ordentliche Stickstoffsättigung im Blut zur Folge hat, aber das wisst ihr ja selber."

Ja, das ist ja klar, aber ich verstehe das eigentliche Problem immer noch nicht. Der Tauchcomputer speichert das doch alles und berücksichtigt die Werte bei den folgenden Tauchgängen. Die werden im Zweifel eben kürzer sein.

„Sag bloß, der wollte ohne tauchen?" platze ich dazwischen.

„Du sagst es." Peter verzieht das Gesicht zu einer komischen Fratze.

„Er hätte ihn vergessen! Für wie naiv hält der mich? Okay, es könnte mir ja egal sein, aber wenn er dann Probleme hat, bin ich mit dran. Nee, lass mal, darauf hab ich keinen Bock."

Tom tippt sich an die Stirn: „Glaubt der, er nimmt einfach andere Instrumente und kann damit die Natur überlisten? Wie blöd ist das denn? Die sind ihm etwa so nützlich, wie die heutige Wasserstandsmeldung vom Nil."

„Genau, und deshalb hab ich ihm gesagt, ohne seinen eigenen Computer nehme ich ihn nicht mit. Basta!"

Aha, daher der Disput und der Umweg. Der Dicke scheint nicht nur leichtsinnig sondern auch hartnäckig zu sein. Hartnäckig ist Peter zum Glück aber auch.

„Ich hab mir übrigens kurz vor dem Urlaub einen neuen Computer von UWATEC zugelegt, damit muss ich mich auch noch einfummeln", sagt Carsten.

„Was denn für einen?"

Tom dreht sich neugierig zu ihm um. Carsten und auch Mike kramen wie auf Kommando ihre Instrumente aus den Gerätetaschen, und alle drei beginnen gnadenlos zu fachsimpeln. Das wird eine Weile dauern, ich kenne doch meinen Tom.

Mir bietet sich dafür die Gelegenheit, noch ein wenig vor mich hin dösen. Zu dieser frühen Stunde bin ich ohnehin selten topfit. Gemütlich zurückgelehnt genieße ich die Fahrt.

Eine knappe Stunde später passieren wir Higuey, eine Stadt mit etwa 150000 Einwohnern mitten im Land. Auf den Straßen herrscht typisch hektischer Verkehr, was sicher nicht zuletzt den halbwegs erträglichen Temperaturen des Morgens zu verdanken ist.

Auf der rechten Straßenseite erhebt sich hinter einem weitläufigen Vorplatz ein imposantes Gebäude aus gelbem Sandstein. Massiv und monströs wie ein ägyptischer Pylon überragt es die ganze Umgebung. Mittig des Bauwerkes steigen stufenförmig drei hintereinander versetzte Fensterreihen wie überdimensionale Parabelkurven auf. Dahinter bildet ein einziger schlanker Bogen ein weit in den Himmel geschwungenes mächtiges Tor.

Wow, so was habe ich hier wirklich nicht erwartet. Welche Harmonie und gleichzeitig welche Dominanz stahlt dieses Gebäude aus!

Der Eingang ist mit einer Wand aus rotem Ziegel verkleidet, die über und über mit Schriftzeilen aus Blattgold bedeckt zu sein scheint. Aus der Entfernung sind sie leider, so sehr ich mich auch bemühe, nicht zu lesen.

Peter hat mein Interesse bemerkt: „Das ist die Basilika 'Nuestra Senora de la Altagarcia'. Sie ist eine Berühmtheit, seit Papst Johannes Paul II. sie besucht und gesegnet hat. Jetzt gilt sie als heiligste Kirche in der gesamten Karibik und ist ein beliebtes Pilgerziel."

„Das hätte ich jetzt nicht gedacht", meint Tom, der die Kirche ebenfalls inzwischen neugierig betrachtet: „Wie ein Gotteshaus sieht dieses Gebäude eigentlich nicht aus, jedenfalls nicht auf den ersten Blick. Na gut, mit viel Phantasie könnte man in den großen Bogen auch einen Kirchturm hinein interpretieren."

Peter lacht: „Irrtum, der Bogen soll betende Hände symbolisieren."

Was für eine Idee! Staunend werfen wir noch einen letzten Blick auf die Basilika, bevor sie hinter uns zurück bleibt. Ein schneller Blickwechsel mit Tom genügt. Diese Kirche werden wir auf jeden Fall an einem der nächsten Tage noch einmal in Ruhe besuchen.

Eine halbe Stunde später poltert der Nissan eine Schotterstraße entlang, die an einem verwilderten Strand endet. Außer ein paar halbvermoderten Fischerkähnen und einer aus Baumstämmen grob zusammen gezimmerten kleinen Bar, gibt es hier nur Sonne, Kiessand und Meer.

Nach nur knapp zwanzig Minuten sind wir alle tauch-fertig. Ein freundlicher Dominikaner, der der Barbe-treiber zu sein scheint, und drei weitere schaulustige junge Einheimische sehen uns bei den Vorbereitungen interessiert zu.

Miguel hat in der Zwischenzeit, woher auch immer, ein schwarzes Schlauchboot inklusive einheimischem Bootsführer organisiert.

Bevor es endgültig losgeht, ruft Peter uns zum obliga-torischen Briefing zusammen.

„Wir bilden drei Gruppen: Carsten und Mike, Anna und Tom und Carlos geht mit mir. Gemeinsam steigen wir gleich in das schwarze Schlauchboot da vorn." Er zeigt mit dem Finger zu Miguel.

„Es wird am Wrack an einer Markierungsboje festma-chen. An deren Ankerseil tauchen wir langsam ab und werden es auch am Ende zum Aufstieg benutzen. Si-cherheitsstopp diesmal in zwei Stufen. Erster Stopp auf zehn Metern für fünf Minuten, der zweite wie üblich drei Minuten auf fünf Metern."

Wir nicken. Das klingt vernünftig. Das Wrack liegt tief und Sicherheit geht vor.

„Bei etwa fünfzehn Metern beginnt die Oberkante des Brückendecks", erklärt Peter weiter. „Die Aufbauten sind offen und betauchbar, aber seid vorsichtig, die Einstiege sind recht eng. Was euch innen an Fisch und Co. erwartet, kann ich nicht genau sagen, es ist ein künstliches Riff, das sich erst langsam entwickelt. Lasst euch einfach überraschen. Richtung Bug fällt dann der Meeresboden deutlich ab, so dass die Ladedecks alle ziemlich weit unten liegen. Sie sind ebenfalls offen aber leider leer und auch nicht stark bewachsen. Ein kurzer Blick lohnt sich freilich schon, vor allem wegen des gigantischen Raumgefühls dort drin."

Tom stößt mich an. „Das müssen wir unbedingt probieren!"

Peter winkt dem Schlauchbootfahrer zu, der den Außenbordmotor anwirft und tuckernd in einem weiten Bogen auf unsere kleine Gruppe zufährt.

„Okay, könnt ihr machen, aber nicht allein. Die Tauchgruppen bleiben am besten ohnehin weitgehend zusammen und niemand, und das meine ich absolut ernst, niemand ist irgendwann tiefer als ich!"

„Kein Problem" sagt Carsten, „bei sechs Leuten ist das Ganze ja recht übersichtlich und sollte kein Thema sein."

Ich sehe Peter an, dass er Zweifel daran hat.

Keine Viertelstunde später gleiten wir am Bojenseil langsam abwärts. Zu Beginn ist nichts als tiefblaues Wasser unter uns. Meter für Meter schälen sich Schatten aus dem Dunkel, allen voran der große dicke Schornstein. Würdevoll und stolz steht die „St. George" tatsächlich völlig aufrecht auf dem Grund.

Wracks zu betauchen wird selbst in Taucherkreisen zwiespältig betrachtet. Als Folge einer Katastrophe sind sie in den meisten Fällen im Grunde ein Ort der Trauer, dessen letzte Ruhe respektiert werden sollte. Doch dieses hier ist ausnahmsweise kein Seemannsfriedhof und wir können es ohne jegliche Gewissensbisse erkunden.

Das scheinen andere Taucher auch so gesehen zu haben. Einer unserer Vorgänger hat ein großes Plüschtier in Form eines Papageienfisches an die hintere Brücken-reling gebunden, das uns in fröhlichen Neonfarben begrüßt. Ich muss schmunzeln und winke nach Tom. Der nickt.

Unser erster Erkundungsweg führt uns natürlich zur Brücke. Türen und Fenster fehlen und so ist der Zugang einfach und unkompliziert.

Das Ruderhaus ist geräumiger als ich angenommen hatte. Fasziniert drehe ich eine Runde um den schon gut bewachsenen ehemaligen Schiffstelegraphen. Der gibt ein vorzügliches Fotomotiv ab, was Tom besonders freut. Noch dazu, als ein Schwarm rotgelber Fahnenbarsche zusätzlich für den passenden Hintergrund sorgt.

Ich sehe aus einer Fensteröffnung zum Bug und stelle mir vor, wie es gewesen sein muss, als der Frachter über die Weltmeere fuhr. Auch jetzt noch strahlt dieses Schiff stolze Erhabenheit aus.

Drei Meter unterhalb der Brücke erstreckt sich das offene Achterdeck. Hier befinden sich auch die beiden schweren Ankerpoller. Auf der Backbordseite ist unser Abstiegsseil befestigt. Tom setzt sich breitbeinig wie ein Reiter darauf und posiert für meine Kamera. Unsere Aufmerksamkeit wird durch einen kleinen Schwarm gelbgestreifter Grunzerfische und ein stattliches Exemplar eines Juwelen-Zackenbarsches abgelenkt. Dessen leuchtendrote Schuppenhaut ist übersät mit weißblauen Pünktchen, die tatsächlich wie gestickte Perlen aussehen. Um ein schönes Foto zu bekommen, folge ich ihm vorsichtig ein Stück. Es gelingt.

Mike und Carsten haben ihre Fotosession ebenfalls beendet und schließen zu uns auf.

Peter fragt bei der Gelegenheit alle nach dem Luftverbrauch und gibt das Okayzeichen

Wir tauchen über das von der Brücke überdachte Backborddeck Ich komme mir vor, wie ein echter Wrackforscher. Rostige Eingänge, die vermutlich einstmals der Zugang zu den Mannschaftsunterkünften waren, gähnen uns als schwarze Löcher entgegen. Neugierig leuchten wir in die offenen Bullaugen, aber hier ist alles ausgeräumt und leer.

Carlos kann sich nicht beherrschen und versucht, sich durch eine der engen Öffnungen zu zwängen. Ein dumpfer metallischer Schlag ist zu hören, als er mit seiner Flasche an der oberen Kante des Durchlasses hängen bleibt.

Ich schaue mich um und sehe Peter, der sich an die Stirn tippt, während er zum Bullauge hinterher gleitet. Er greift Carlos am Flaschenboden und zieht ihn nach hinten weg. Wild gestikulierend dreht sich Carlos zu Peter um. Der schüttelt den Kopf und bedeutet ihm, weiter zum Vorschiff zu tauchen. Wir folgen.

Gut vier Meter über den Deckenplatten der in vier Segmente unterteilten Frachtguträume schwimmen wir Richtung Bug. Die geschlossene Fläche könnte die Ausmaße des Schiffes deutlicher kaum zeigen. Je weiter wir zur Schiffsspitze vorankommen, desto tiefer liegen die Ladeklappen und umso diffuser wird das Licht.

Ein großer Barrakuda kreuzt unsere Bahn. Diese erwachsenen Männchen sind ausgemachte Einzelgänger und nicht ganz ungefährlich. Aber er schenkt uns keinerlei Beachtung und verschwindet so lautlos, wie er gekommen ist, im Dunkel.

Das letzte der riesigen Laderaumsegmente des Vorschiffs ist offen und geradezu gigantisch. Zwölf Meter hoch, über die gesamte Schiffsbreite von zwanzig Metern und etwa halb so lang, öffnet sich ein ausgedehnter Hohlraum. Wie kleine Spinnentiere hängen wir kurz darauf ziemlich genau in dessen Mitte. Was für ein Gefühl!

Ängstlich zieht sich ein Pärchen Kaiserfische in eine der Ecken zurück.

Ich bin überwältigt. Peter hat nicht zuviel versprochen, das ist ein Erlebnis!

Außer einem beeindruckenden Raumgefühl gibt es hier jedoch tatsächlich wenig zu erforschen. Mit Rücksicht auf unseren Luftverbrauch drehen Tom und ich auf halber Tiefe nur eine kleine Runde und steigen wieder auf. Mike und Carsten begutachten die beiden Kaiserfische noch etwas näher und folgen uns wenig später. Nur Carlos muss natürlich bis auf den Boden des Laderaumes hinunter, um den Stachelrochen zu fotografieren, den er dort entdeckt hat. Aufgescheucht aus seiner Ruhe sehen wir den Rochen erst, als er knapp über den Boden auf die andere Seite des Laderaum davon schießt. Angesichts der mehr als vierzig Meter und seiner aus den Vortagen mitgeschleppten Stickstoffsättigung finde ich das Verhalten von Carlos absolut leichtsinnig. Peters Signalhorn ertönt postwendend und er winkt ihn eindringlich nach oben. Kopfschüttelnd sehen wir andern vier uns an.

Ich frage mich langsam ernsthaft, wo dieser Carlos eigentlich Tauchen gelernt hat.

Nach einer kurzen Umrundung der Spitze, bei der ich mich am Buggeländer noch als verkappte Galionsfigur für die Kamera in Szene setze, tauchen wir auf der Backbordseite zurück.

Zwei hübsche Adlerrochen fliegen elegant vorüber und begleiten uns ein kurzes Stück.

Als wir die Brücke wieder erreichen, beträgt meine Restgrundzeit laut Computer noch knapp zwanzig Minuten. Zwölf Minuten brauchen wir für den Aufstieg, bleiben noch gut fünf bis sechs Minuten. Das ist nicht besonders viel, sollte aber reichen

An den beiden Niedergängen am Fuße der Brücke befindet sich eine größere Öffnung im Rumpf.

Carsten leuchtet hinein.

Prima, denke ich, als ich die rostigen Metallblöcke sehe, das dürfte der Maschinenraum sein. Ich habe ja nicht viel Ahnung davon, aber egal ob Generator, Hilfsdiesel oder Hauptmaschine, diese Kolosse sind meist echt beeindruckend. Vor allem wenn ich mir vorstelle, wie sie lautstark gewaltige Mengen an Energie erzeugt haben, um die „St. George" über den Atlantik zu schieben.

Nacheinander gleiten wir uns ins Dunkel, das nur durch die Lichtkegel unserer Lampen erhellt wird, allen voran diesmal Peter. Ich versuche, den rostigen Kanten nicht zu nahe zu kommen, während ich Tom als Letzte der Gruppe folge.

Der Innenraum ist viel enger als erwartet. Langsam bewegen wir uns an den Antriebsblöcken vorbei. Sie sind in ihrer Größe wirklich imposant und gar nicht auf einmal zu überblicken.

Doch wirklich entspannt kann ich die Besichtigung nicht genießen. Die Bewegungsfreiheit ist für meinen Geschmack viel zu stark eingeschränkt. Zu sehr konzentriere ich mich darauf, den scharfkantigen Wänden nicht zu nahe zu kommen und auch genügend Abstand zu Tom zu halten. Ein unabsichtlicher Flossenschlag von ihm könnte genügen und mir meine Maske oder die Luftversorgung aus dem Gesicht zu fegen. Darauf kann ich gut verzichten. Während sich die anderen die hinteren Abschnitte mit den Generatoren vornehmen, habe ich, nach der Umrundung der Hauptdiesels und dem Blick in eine angrenzende Werkzeugkammer, die leider nur leere und halbverfallene Regale enthält, genug gesehen. Tom geht es wohl ähnlich und nach kurzer Abstimmung folgen wir den anderen nicht weiter und nehmen den Weg zurück zum Einstieg.

Den Ausgang schon in Sicht, hören wir plötzlich aus der Tiefe des Maschinenraums laute metallisch kratzende Geräusche, dann einen dumpfen Schlag gefolgt von heftigem Blubbern. Eine Wolke aufgewirbelter Sedimente quillt aus dem Inneren und hüllt uns lautlos ein. Binnen weniger Atemzüge ist die Sicht gleich Null.

Was zum Teufel ist denn da los?

Hastig folge ich Toms Flossenenden, die ich gerade noch erkennen kann, durch die Luke nach draußen. Aus einiger Entfernung beobachten wir neugierig den Eingang. Wie eine Dampfwolke hängt der Sedimentnebel darüber. Nur Augenblicke später schießen Carsten und Mike daraus hervor. Fragend schauen wir sie an, aber sie zucken auch nur ratlos mit den Schultern.

Zwei quälend lange Minuten passiert gar nichts. Nur die Sedimentwolke verteilt sich schwebend und gibt die Sicht allmählich wieder frei.

Wo bleiben Carlos und Peter bloß? Wir machen uns langsam ernsthaft Sorgen. Die Zeit läuft uns davon.

Wir beratschlagen per Zeichensprache gerade, dass Tom und Mike in den Maschinenraum zurückkehren sollen, als eine Silhouette am Eingang sichtbar wird. Gemeinsam schieben sich die beiden Vermissten hervor. Peter hat Carlos, der wild an seinem Lungenautomaten herumdrückt, fest im Unterarmgriff. Erst jetzt bemerke ich, dass Carlos aus Peters Oktopus, also aus dessen Ersatzluftversorgung atmet. Außerdem hängt sein Bleigurt provisorisch festgezurrt an seiner Tarierweste.

Peters Blick spricht Bände. Zornig ist gar kein Ausdruck!

Er zeigt nach achtern zum Ankerseil und gibt das Zeichen zum Aufstieg.

Während der beiden Sicherheitsstopps versuchen wir herauszubekommen, was eigentlich genau passiert ist. Aber mehr als dass Carlos Flasche tatsächlich leer ist, ist wegen der eingeschränkten Kommunikation nicht möglich.

Das Auftauchen verläuft ohne weitere Zwischenfälle.

Im Schlauchboot ergibt sich ebenfalls wenig Gelegenheit für Erklärungen, denn Peter lässt seinem Unmut auf spanisch freien Lauf, was in einem erneuten wüsten Wortgefecht zwischen ihm und Carlos gipfelt. Am

Ende gibt sich Carlos allerdings kleinlaut und schuldbewusst.

Erst an Land erfahren wir, was genau passiert ist.

In der Enge des hinteren Maschinenraums war Carlos mit seinem Bleigurt an einem hervorstehenden Apparateteil hängen geblieben. Der Gurt hatte sich daraufhin unerwartet gelöst und war zu Boden gefallen, wo er Rost und Schlamm aufwirbelte. Der Physik folgend stieg Carlos, nun um die Gewichte beraubt, unkontrolliert nach oben und stieß mit seiner Flasche an die Decke. Durch diesen Aufschlag wurde vermutlich die erste Stufe des Lungenautomaten so stark beschädigt, dass sie komplett versagte. Was in diesem Fall bedeutete: sie blies leckgeschlagen alle Luft ab. Der einseitige Impuls rollte Carlos unter der Decke zusätzlich herum und bevor er sich irgendwo festhalten konnte, war der Tank leer.

Horrorszenario: KEINE LUFT!

Die folgende Panik von Carlos kann ich mir nur zu gut vorstellen. Zu seinem Glück reagierte Peter sofort, tastete sich vorsichtig durch die Schwaden zu ihm zur Decke und gab ihm erstmal Luft. In der aufgewühlten Schlammwolke warteten sie, bis Carlos sich einigermaßen wieder gefasst hatte, suchten dann den Bleigurt und versuchten vorsichtig zum Ausgang zurück zu kommen.

Na ja, und den Rest kannten wir ja selber.

„Kommt Kinder", sagt Mike spontan „ich brauche jetzt erstmal ein Bier."

Nur wenig später sitzen wir alle bei dem freundlichen Barkeeper und lassen die Erlebnisse der letzten Stunde

Revue passieren. Ein supertolles Wrack haben wir kennen gelernt und außerdem sind wir um einige Erfahrungen reicher. Wracktauchen ist wundervoll und unvergleichlich, aber es erfordert auch nicht umsonst eine besondere Ausbildung und Vorbereitung.

Ich freue mich über den gelungenen Ausflug. Die „St. George" werde ich jedenfalls so schnell nicht vergessen! Sie war einmal ein stolzes Schiff und in einigen Jahren wird sie sicher ein wundervolles üppig bewachsenes Riff bilden. Vielleicht kommen wir ja dann noch einmal zu ihr zurück, wer weiß?

Carlos, dieser Draufgänger, hat jedenfalls Glück gehabt. Nicht zuletzt auch Dank Peters umsichtigen Eingreifens.

Ich weiß nicht, ob es einen „Heiligen St. Georg" gibt, aber Carlos sollte ihn ab sofort zu seinem persönlichen Schutzengel erheben. Oder wenigstens ein Dank-Gebet sprechen.

Die wunderschöne Basilika in Higuey wäre dafür sicher ein geeigneter Ort.

Manta Manta

Thailand

Elegant zerschneidet die „MC Stingray" die Wellen des Indischen Ozeans mit ihren beiden gelbschwarzen Katamaranrümpfen. Angetrieben von zwei leistungsstarken Motoren bewegt sie sich trotz der unruhigen See zielstrebig vorwärts.

Das Ziel, auf das der Kapitän seit gut anderthalb Stunden zusteuert, liegt nun direkt voraus und hat sich von einer kleinen grauverschwommenen Silhouette zu einer grünbewaldeten Felseninsel gemausert. Koh Bon heißt sie und liegt sechzig Kilometer vor der südthailändischen Küste mitten in der Andamanensee.

In der geräumigen klimatisierten Aufenthaltskajüte mittschiffs finden sich verwaiste Reste eines Frühstücksbuffets und in den beiden Plastikkisten am Boden vibrieren schmutzige Kaffeetassen im Takt der Dieselmotoren. Doch die Ruhe hier täuscht, an Bord herrscht eifrige Betriebsamkeit

Im offenen Ausrüstungsdeck direkt dahinter geht es zu, wie auf einem Kriegsschiff bei der Vorbereitung eines Überraschungsangriffs. Metallisches Klirren,

Pressluftzischen, kurze Anweisungen gefolgt von Handzeichen, Wasserplätschern und leise Flüche sind zuhören. Das vermeintliche Durcheinander wird von den Vorbereitungen der gut drei Dutzend Hobbytaucher und ihrer ortskundigen Guides erzeugt, die dem bevorstehenden Tauchgang entgegenfiebern. Sosehr das Ganze wie ein Chaos anmutet, so organisiert und zielgerichtet gehen alle ans Werk. Binnen kurzer Zeit sitzen oder stehen die meisten von ihnen, aufgereiht wie Froschmänner, beidseitig entlang der Reling. Schwer atmend die Masken in der Hand, checken alle ein letztes Mal die ordnungsgemäße Funktion und den korrekten Sitz ihrer Ausrüstung. Drei Millimeter Neopren am Körper und eine Zwölfkiloflasche auf dem Rücken steigern dabei die tropische Hitze binnen weniger Sekunden auf ein kaum erträgliches Maß. Einige schöpfen Wasser mit der Tauchermaske aus der dicken blauen Frischwassertonne und begießen damit ihre Köpfe. Hoffentlich geht es bald los!

Neben den bekannteren neun Similan-Inseln, die etwa vierundzwanzig Kilometer weiter südwestlich liegen, ist auch Koh Bon bei den Tauchern sehr beliebt, vor allem wegen der hohen Chance auf Großfisch. Leoparden- und Riffhaie, Rochen, Zackenbarsche oder Barrakudas sind immer ein besonderer Höhepunkt. Im Frühjahr sollen sogar Walhaie in die Nähe der Insel kommen. Sowohl der nördliche als auch der westliche Bergrücken fallen unter Wasser jeweils stufenweise bis auf vierzig Meter ab. Wegen der oft heftigen Strömung und den unberechenbaren Unterströmungen sind beide allerdings kein Platz für Anfänger.

Tom und ich bilden zusammen mit einen anderen Ehepaar und Tauchguide Rainer die Gruppe 4.

Während die „MC Stingray" nun langsam unweit des Ufers die durch einen Felsenvorsprung windgeschützte Bucht durchfährt, wird gruppenweise abgesprungen. Ankern darf das Boot zum Schutz der Korallenbänke nicht. Es wird vor der Insel kreuzen und nach etwa einer Stunde alle Taucher wieder aufsammeln.

Zu Beginn gibt es nichts Besonderes zu entdecken. Eine ganz normale Riffformation erwartet uns, allerdings ist diese hier außergewöhnlich intakt. Die Sichtweite ist von Plankton getrübt und höchstens bis fünfzehn Meter gut, dann verschwimmen die Konturen im Grünblau. Strömung ist bisher kaum zu spüren und wir gleiten im Zwanzigmeterbereich langsam über die Korallenbänke.

Rainer hat einen dünnen Metall-Zeigestock mit Teleskopauszug. Das habe ich so noch bei keinem Guide gesehen, erweist sich aber als ausgesprochen praktisch. Damit kann uns Rainer nämlich auf die in Weichkorallen versteckten Kleinkrebse, buntschillernde Nacktschnecken und diverse Muränen aufmerksam machen, ohne sie zu stören.

Eine schwarzweiß gebänderte Wasserschlange zieht vorbei. Hochgiftig, schlängelt sie sich gekonnt mitten durch unsere kleine Gruppe und verschwindet weiter oben hinter einem Korallenblock.

Bei der obligatorischen Tauchplatzbesprechung an Bord hatte Rainer uns auch von einer besonders markanten, aber selten vorkommenden Schnecke erzählt, die ausgerechnet hier um Koh Bon gehäuft anzutreffen

sei. Und niemand wisse, warum. „Samtblaue Maledivi-
sche Schwammschnecke", allein der Name ist eine
Verheißung und erklärt gleichzeitig, woher sie stammt.
Ich breche mir beim ersten Wiederholen fast die Zunge.
Wer denkt sich bloß immer solche Bezeichnungen aus?

Rainer zeigt nun mit dem Teleskopstab zur Steilwand
und wirklich, ein samtig blaues Etwas prangt da zwischen zwei Gehirnkorallen. Er nimmt sein Mundstück
heraus und beginnt den Mund zu bewegen. Hören
kann man außer einem dumpfen Gluckern natürlich
nichts. Dann schaue ich genauer hin und verstehe. Rainer versucht, diesen merkwürdigen Namen der Schnecke zu sprechen, auf die er zeigt. Und weil wir Taucher
immer für einen kleinen Unsinn unter Wasser zu haben
sind, folgen alle seinem Beispiel. Das warme Salzwasser spült in meinen von der Pressluft trockenen Mund
und formt blubbernde Wasserblasen im Rhythmus
meiner Sprechversuche. Komisches Gefühl.

Wir haben ein wenig getrödelt und als ich zur Orientierung in die Runde blicke, bemerke ich die Taucher
der nachfolgenden Gruppe dicht hinter uns. Erst sind
es nur die typischen aufsteigenden Luftblasen, dann
zeichnen sich schnell auch ihre Umrisse ab.

Das durchdringende Rasseln eines „Shaker"-Signals
ist zu hören, mit dem die Guides gewöhnlich auf besonders bemerkenswerte Objekte hinweisen oder vor
Gefahren warnen

Und dann sind sie einfach da.

Hinter den Luftblasen der anderen Gruppe kommen,
leicht versetzt, zwei unheimliche Schatten auf uns zu-
geflogen. Rochen! Genauer gesagt, Mantarochen!

Mir läuft vor Freude ein Schauer durch den Körper. Dafür, genau für einen solchen Moment, habe ich Tauchen gelernt. Wie Fritzchen vor der Zuckerdose starre ich die beiden Kolosse an und vergesse fast das Atmen.

Und nicht nur mir geht es so.

Die hintere Gruppe hat den Schauplatz inzwischen auch erreicht und alle paddeln fasziniert auf der Stelle oder suchen die Gelegenheit für eine Berührung mit einem der beiden Giganten. Die Fotoenthusiasten unter uns laufen zu Höchstform auf, bei der Jagd, auf einen spektakulären Schnappschuss. Tom und ich natürlich auch.

Vor Aufregung verheddert sich Tom in der Sicherheitsschnur der Kamera.

Mantas gehören zur Familie der Teufelsrochen und benutzen im Gegensatz zu anderen Rochen ihre Flossen wie Vogelflügel. Und es sieht wirklich so aus, als würden sie durch das Wasser fliegen. Mit dieser Technik erreichen sie eindrucksvolle Geschwindigkeiten von bis zu zwölf Kilometern pro Stunde. Eine beachtliche Leistung, bei immerhin maximal zwei Tonnen Gewicht und einer Spannweite von bis zu sieben Metern. Ich habe irgendwo gelesen, dass sie sogar fünf Meter weit aus dem Wasser springen können. Ob man das glauben kann?

Manta ist spanisch und bedeutet „große Decke" - „fliegender Teppich" wäre bei diesem Anblick wohl passender! Die geläufigere Bezeichnung als Teufelsrochen haben ihnen die beiden Mundflossen eingebracht, mit denen sie sich zusätzlich planktonreiches Wasser zuwedeln. Der Name ist leider völlig irreführend, denn

Mantas sind ganz harmlose Gesellen, deren Nahrungs-grundlage einzig und allein das Plankton darstellt, welches sie aus gewaltigen Wassermengen herausfil-tern. Wie mühselig muss es für diese Riesen sein, sich ausschließlich von den Kleinstlebewesen der Ozeane zu ernähren. Und weil sie im Grunde ständig mit Fres-sen beschäftigt sein müssen, schwanke ich zwischen Respekt und Mitgefühl.

Diese beiden Teufelchen haben offensichtlich auch ihren Spaß mit uns. Sie kreuzen immer wieder vor und über der Gruppe und kommen mehrere Male sogar ganz dicht heran. Sehr zu unserer Freude, denn ein Foto nach dem anderen landet auf dem Speicherchip unserer Kameras. Eins von oben, ein anderes von hin-ten, das nächste mit und das übernächste ohne Tom, dann das Ganze mit mir und sowieso alles noch einmal von vorn. Besonders scheinen die Mantas die aufstei-genden Luftblasen zu mögen, die wir erzeugen, denn sie schwimmen immer wieder hindurch. Es sieht aus, als würden sie in ihnen tanzen, ein Ballett mit schil-lernden Kugeln. Die beiden Schiffshalterfische an ihren Unterseiten stört das wenig.

Was für ein Erlebnis!

Wir können nicht genug kriegen, aber irgendwann ist es doch vorbei. Die Rochen umrunden uns ein letztes Mal, dann verschwinden sie lautlos in der Tiefe, wo ihre Schatten schnell verblassen.

Eine ganze Weile noch versuche ich, eine allerletzte Bewegung aus der Entfernung zu erhaschen, dann wende ich mich dem Riff zu und schaue nach dem Rest der Gruppe. Ich sehe sie in einiger Entfernung auf

eine Felsnadel zuschwimmen und paddle eilig hinterher.

Aber das ist gar nicht so einfach, denn auf halber Strecke erfasst mich eine kräftige Gegenströmung. Ich
muss mächtig strampeln, um vorwärts zu kommen
und so bin ich schnell außer Atem.

Das gibt es doch gar nicht!

Mein Sportsgeist erwacht und ich strenge mich or-
dentlich an. Ein Stückchen, noch ein Stückchen und
noch eins, dann um den Felsvorsprung herum. Hinter
dem Überhang ist das Wasser wieder ganz ruhig.

Puh, das war heftig Ich atme zur Beruhigung ein paar
Mal tief durch und gebe Tom per Handzeichen ein
„Okay".

Die anderen sind bereits ein Stück weiter.

Schnell lasse ich mich zu ihnen herabsinken und re-
gistriere so ganz nebenbei, dass ich nicht nur erneut die
Fünfundzwanzig-Meter-Marke unterschreite, sondern
auch, dass meine Restgrundzeit dramatisch abgenommen hat.

Moment mal! Nur noch dreizehn Minuten? Ach du
lieber Himmel, das habe ich bei der Mantabegegnung
ganz schön zugeschlagen. Zu lange wohl ein bisschen
tief. Nun muss ich aufpassen, sonst gerate ich noch in
die Dekozeit.

Meine Aufmerksamkeit wird auf eine kleine Grotte
gelenkt, in der sich laut Rainer häufig Leopardenhaie
zur Ruhe legen. Doch hier haben wir leider Pech. Es ist
nicht einmal die allerkleinste markante Rückenflosse
auszumachen. Aber gut, man kann nicht alles haben!
Wir suchen ein Stück tiefer auch den sandigen Meeres-

boden noch nach schlafenden Jägern der Tiefe ab, aber das Glück ist uns auch hier nicht gewogen.

Rainer, der voran schwimmt, dreht schließlich enttäuscht um und wir folgen.

Die Riffwand ist, wie erwartet, von diversem Kleingetier bevölkert. Wie immer bezaubern mich die Clownfische zwischen ihren blassroten Anemonen und ich halte nach Skorpionfischen Ausschau, vor denen man sich in Acht nehmen muss, falls man an der Felswand Halt sucht. Ihre Tarnung ist meisterlich - ihr Giftstoff leider auch.

Ich bin wie so oft die Letzte, weil ich alles ganz genau betrachten will. Das erweist sich heute als keine gute Idee. Ich bin schon wieder zu tief, und meine Restgrundzeit schwindet stetig. Okay, also nichts wie los und ein Stück nach oben.

Doch was ist das?

Eine Strömung wie in einem Windkanal bläst mir direkt entgegen. Ich strample erneut wie verrückt, doch zeigt das wenig Wirkung. Was hab ich gelernt? Nicht überanstrengen sondern quer zur Strömung raus! Nur wohin? Links hat keinen Effekt und rechts leider auch nicht. Also nach unten. Wenigstens das klappt.

Nun steck ich in einem Dilemma! Ich müsste schnellstens in eine geringere Tiefe aufsteigen, doch sobald ich aus dem Schutz der Steilwand nach oben schwimme, gerate ich augenblicklich in die starke Abwärtsströmung, gegen die ich mit erhöhtem Luftverbrauch ankämpfen muss. Ein Blick auf meine Instrumente zeigt, die Fünfzig-Bar-Grenze rückt unaufhaltsam näher. Ich muss den Luftverbrauch drosseln. Wütend kehre ich wieder in den Schutz der Wand zurück. Dabei versuche ich, die Dekompressions-Anzeige des Computers zu ignorieren, die inzwischen knallrot eine Fünf anzeigt und heftig blinkt. Fünf Minuten Deko! Was nun? Ich MUSS schnellstens weiter nach oben!

„Ruhig Blut, tief durchatmen, ausruhen und dabei nach Tom suchen", befehle ich mir selber. Ein kurzer Rundum-Blick genügt und ich sehe ihn etwa zwei Körperlängen schräg unter mir.

Das metallische „Plong" meines Signalklöppels lenkt seine Aufmerksamkeit sofort auf mich. Ich winke ihn zu mir heran und halte ihm mein Display vor die Nase. Ungläubig reißt er die Augen auf und bedeutet mir, sofort nach oben zu steigen. Na toll, das weiß ich auch allein. Also greife ich nach seiner Hand und ziehe ihn mit nach oben. Zwei Flossenschläge später spürt Tom die Strömung und versteht.

Wir kehren eilig bis knapp unter den Rand des Felsenrückens zurück, der weiter vorn allmählich anzusteigen beginnt. In dessen Schutz zieht mich Tom nun so schnell wie möglich hinter sich her, damit wir an Höhe gewinnen.

Mein Atem wird wieder schneller aber es scheint zu funktionieren. Die Warnanzeige zählt quälend langsam aber beständig herunter. Mit jedem Meter, den wir nach oben kommen, wird die Zahl kleiner und schließlich hört auch das hässliche Blinken auf. Na bitte!!

Leider hat sich die Restdruckanzeige der Luftversorgung erwartungsgemäß ebenfalls nach unten bewegt, und zwar schneller als mir lieb ist. Wahrscheinlich bleibt nicht genügend für den Sicherheitsstop übrig.

Das habe ich bei meinen bisher knapp achtzig Tauchgängen auch noch nie erlebt, aber mit Tom an meiner Seite bin ich einigermaßen ruhig. Sein Restdruck reicht im Notfall für uns beide. Es ist trotzdem ärgerlich. Und je höher wir steigen umso langsamer sinkt schließlich auch der Flaschendruck. Vielleicht reicht es ja doch.

Tom fest an der Hand, lenke ich meine Aufmerksamkeit wieder der Unterwasserwelt zu. Es gelingt mir nicht ganz. Lustlos schweife ich über das Riff und spüre Müdigkeit. Langsam steigen wir höher und höher, drehen noch eine Runde um eine weit ausladende Fächerkoralle zusammen mit einem Schwarm gelber Riffbarsche. Ein erneuter prüfender Blick auf den Tauchcomputer. Weit unter fünfzig Bar, jetzt wird es aber Zeit! Die Stunde ist ohnehin fast um und das Boot erwartet uns sicher schon.

In einer Tiefe von Fünf Metern zeigt uns Rainer noch ein paar leuchtend gelb-rot-gefleckte Schnecken an der Riffwand, die mich wenig interessieren, dann schwimmen wir endlich ins Freiwasser zum Sicherheitsstop.

Als ich zehn Minuten später die stabile Einstiegsleiter zum Katamaran hinauf klettere, gilt mein letzter Blick der Flaschendruckanzeige. Gerade noch zwanzig Bar! Das war mächtig knapp!

Aber es hat sich mehr als gelohnt.

Toms liebevolles Geschimpfe: „Das war heute wohl eine Kamikaze-Einlage von dir, was?", beantworte ich nur mit einem zufriedenen und breiten Lächeln.

Ich habe endlich Mantas gesehen!

Was für ein Glückstag!